毎日ワンズ

三島由紀夫「最後の1400日」

はじめに

三島由紀夫先生が陸上自衛隊市ヶ谷駐屯地（現防衛省）で憲法改正を訴え、自刃《じじん》してから早くも五〇年の歳月が流れた。巷では、未だ憲法改正へのアレルギーは払拭されないものの、海外の情報がますます身近なものになり、中国の軍備増強や北朝鮮による核兵器の脅威などもあって、国民の自衛隊に対する意識にも変化が現われつつある。

私がここで想起するのは、先生の死後も憲法を改正せんとする人々は脈々と生き続けていた、ということである。事実、自民党は「戦後レジームからの脱却が必要」だとしてそれまでの党内論争を乗り越え、すでに天皇元首化や自衛隊を明記した「憲法試案」を発表している。それは三島先生が構想した「三島憲法」に比べ中途半端なものとはいえ、まさに三島先生が最後に憤死してまで訴えた「憲法改正」が、先生の死から半世紀を経て、プログラムに乗りはじめようとしているのである。

当時、まだ学生だった私が三島先生にはじめて会ったのは事件の三年前のことであった。以来、年齢の差こそあれ、先生と私は志を同じくする者として認め合い、訓練をともにし、日本の未来を真剣に語り合ってきた。先生との三年足らずの交流は私自身の、ともすればあきらめがちになっていた真の祖国再建への夢に可能性の灯をともすことになったのである。

顧みればいくつかの兆候を捉えながら、先生の決起を私はついに予測し得なかった。決起の報に触れたとき、私は市ヶ谷に駆けつけたが、そこで自分が何をしようか、何をなすべきかを決意するに至らなかった。ただ、現場に着いたとき、成り行きによっては私自身の死が現実のものになったかもしれないことだけは分かっていた。無論、私は先生が割腹自決を遂げた事実を前に、ともに死を迎えることができなかった痛みを感じていた。私が死することなく、今に生き永らえることになったのは、たまたま先生の自刃の瞬間に立ち会わせてもらえなかったから、ということかもしれない。

事件のあらましは、当時の新聞記事などによれば次のようである。

昭和四五年一一月二五日、午前九時半、先生は南馬込の自宅で小賀正義氏の運転するトヨタ「コロナ」に乗り込み、途中森田必勝氏を拾うと、市ヶ谷駐屯地の門をくぐった。午前一〇時四〇分のことだった（事件後、この主を失った車を私が引き取ることになる）。

体験入隊で世話になった礼を述べるため、と懇意だった益田兼利陸将を総監室に訪ね、懇談中に陸将に刀を突きつけ監禁し、「自衛官を集めろ」と要求した。

バルコニーに出て、自衛官約一〇〇〇人に「日本を骨抜きにした憲法に体をぶつけて死ぬ奴はいないのか」と演説。しかし、「やめろ」などの激しいヤジが続いて約一〇分で中断、部屋に戻り割腹した。森田学生長も続き、両人の首を残る会員がはねた。

あれから五〇年、三島事件はもはや歴史の一コマになってしまったのであろうか。三島由紀夫は私にとっては文学者ではなく人生の師であり、国のあり方を追求する思想家であった。今、五〇年経って明かす真実によって、私は先生との約束を果たしたいと望んでいる。

なお刊行に際し、かつて滝ヶ原駐屯地で三島先生と訓練に勤《いそ》しんだ高橋富男氏より未公開の写真を提供いただいた。深甚なる感謝の意を表したい。

令和二年一一月

本多　清

三島由紀夫「最後の１４００日」――目次

プロローグ——四つの河

昭和四五年一一月一二日から一七日まで、池袋の東武百貨店において三島由紀夫展が開催された。池袋にはターミナル駅を挟んで西武と東武の二つのデパートがあるが、当時集客力に劣っていた東武での開催にもかかわらず、展覧会は入場者数が五万四〇〇〇人を超える大盛況となった。先生も「東武でこれだけの人たちが来たからこそ意味がある」と満足されていた。この展覧会は、三島事件の一週間前に閉会したが、自らの生涯を「書物の河」「舞台の河」「肉体の河」「行動の河」の四つの河に分類し、三島先生自身の企画によって展示されていた。

案内のパンフレットには死を目前にした万感の思いが込められ、手直ししたばかりの自筆の原稿がそのまま印刷され、切迫した思いが述べられていた。

それぞれの河について、先生はパンフレットで次の如く説明している。

書物の河――

〈ものを書くことと農耕とはいかによく似ていることであろう。嵐にも霜にも、精神は一刻の油断もゆるされず、たえず畑を見張り、詩と夢想の果てしない耕作のあげくに、どんな豊饒がもたらされるか、自ら占ふことができない。書かれた書物は自分の身を離れ、もはや自分の心の糧となることはなく、未来への鞭にしかならぬ。どれだけ絶望的な時間がこれらの書物に費ひやされたか、もしその記憶が累積されていたら、気が狂うにちがいない〉

舞台の河――

〈かつて舞台は、仕事をすませてから出かけてゆく愉《たの》しい夜会のようなものであった。……私の創造した人物が、美しい舞台装置の前で、美しい衣裳を身に着けて、笑ひ、怒り、悲しみ、踊っていた。……しかしその愉しみは、徐々に苦味に変わった。……次第にこちらの心を蝕んで来たのである。……にせものの血が流れる絢爛たる舞台は、もしかすると、人生の経験よりも強い深い経験で、人々を動かし富ますかもしれない。

……戯曲というものの抽象的論理的構造の美しさは、やはり私の心の奥底にある「芸術の理想」

三島由紀夫展のポスター

の雛型であることをやめない〉

肉体の河——

〈この河は、その水路を人生の途中から私にひらいてくれた新しい河であった。私は精神といふ目に見えないものが、目に見える美を作りつづけるといふことに飽き足りないでいた。自分も目に見えるものになってどうしていけないのか？　しかしそのための必要な条件は肉体である。私はやうやくこれを手に入れると、……みんなに見せ、みんなに誇り、みんなの前で動かしてみたくてたまらなくなった。私の肉体はいはば私のマイ・カーだった。この河は、……さまざまなドライブへ私を誘ひ、……体験を富ませた。しかし肉体には、機械と同じやうに、衰亡といふ宿命がある。

私はこの宿命を容認しない。それは自然を容認しないのと同じことで、私の肉体はもっと危険な道を歩かされている〉

行動の河——

〈肉体の河は、行動の河を自然にひらいた。女の肉体ならそんなことはあるまい。男の肉体は、その本然の性質と機能によって、人を否応なしに、行動の河へ連れてゆく。もっとも怖ろしい密林の河。鰐がをり、ピラニアがをり、敵からは毒矢が飛んで来る。この河と書物の河とは正面衝突をする。いくら「文武両道」などと云ってみても、本当の文武両道が成立つのは、死の瞬間にしかないだろう。しかし、この行動の河には、書物の河の知らぬ涙があり血があり汗がある。言葉を介しない魂の触れ合ひがある。それだけにもっとも危険な河はこの河であり、人々が寄って来ないのも尤もだ。

この河は農耕のための灌漑のやさしさも持たない。富も平和ももたらさない。安息も与へない。……ただ、男である以上は、どうしてもこの河の誘惑に勝つことはできないのである〉

先生は四五年の自分の人生を四つの流れに区分し、この「書物」「舞台」「肉体」「行動」の四つの河が自然に「豊饒の海」へ流れ入るように構成した。そうすることによって入場者は、自分の好きな河を選び、興味のない河は見ることを避けて、場内を一巡することができるのである。先生も「楯の会」会員を連れて会場を見て回り、若者の入場者が多いことをとても喜んでいたのだが——。

本書では先生の作品などを引用しながら自決に至るまでの流れを辿ることにしたい。無論「書物の河」を論ずる資格は私にはない。したがって幕開けの日付けは「肉体の河」が流れはじめた昭和四二年一月とした。それは、あの事件の一四〇〇日前、私が三島由紀夫にはじめて会ったときでもあった。当時先生は四二歳、私は一九歳だった。

第一章　肉体の河

先生と蟹

「先生、『豊饒の海』の続編は僕が書きますよ」

昭和四五年八月八日、所は下田の東急ホテル。伊豆諸島と青い太平洋を背景に先生の家族とバーベキューに舌鼓を打ちながら三島先生に私、本多清は言った。

「ワッハッハ」

先生のいつもの高笑い。

「おいおい、お前に書かれたのでは台無しになる。それだけは勘弁してくれ、ワッハッハ」

先生は夏の間、家族とともにこのホテルで過ごすことを常としていた。そこに我々「楯の会」の五名が遊びに押しかけた。先生は原稿を書くために、家族用の部屋とは別に五〇三号室を愛用されていた。その部屋に入るなり、先生は机の上に置いてあった二センチほどの厚さがある原稿用紙の一番上の一枚を振りながら、

「『豊饒の海』の最後が書き上がったぞ」

と茶目っ気たっぷりの顔で言った。

「最後はどうなるのですか？　見せてください」

「ダメだダメだ、ワッハッハ」

「ついに完成ですか」

「いや、これから間を埋めるのだよ」

三カ月後、この最後の一枚に「昭和四十五年十一月二十五日『豊饒の海』完」と記入して編集者に渡し、市ヶ谷に向かうことになる。

翌日の昼間、プールサイドで先生は、今まで見せたことのない一面を我々に披露した。先生がカニを怖がることを知っている長男の威一郎君が、彼の手のひらほどの大きさのイソガニを見つけ、

「ほら、パパ、カニだよ」

と足をつかんでブラブラさせながら先生のところに持ってきた。

カニを見るなり先生はビックリ、飛び起きて、

「何をするんだ、よせ、威一郎、やめないかッ」

と言って一目散に逃げ出した。そのあとを威一郎君が余計に面白がって先生を追いかけ回した。恐怖に引きつった顔で逃げ惑う先生の姿に、我々は皆笑い転げた。

先生は言った。

「俺は『蟹』という字を見ただけでも怖いんだよ……」

輪廻転生の証し

先生の最後の作品『豊饒の海』は、『濱松中納言物語』を典拠とした夢と輪廻転生の不可思議な縁で繋がる畢生の大長編で、「春の雪」「奔馬」「暁の寺」「天人五衰」の四部作よりなる。

「春の雪」は大正初年の貴族社会を舞台に、年上の女性との悲恋を描いたもので、主人公は松枝清顕《まつがえきよあき》。

「奔馬」は昭和の神風連を志した青年の闘いと行動を描いたもので、主人公は飯沼勲。

「暁の寺」はエロスの迷宮に生の源泉を探る物語で、主人公はタイの王姫ジン・ジャン。

「天人五衰」は輪廻転生の本質を劇的に描いた作品で、主人公は本多透。

物語の共通のテーマは輪廻転生で、その転生の証しとなるものが、「二〇歳の死と左脇の下の三つの黒子《ほくろ》」である。

「春の雪」の一節、

「一旦、つかのまの眠りに落ちたかのごとく見えた清顕は、急に目をみひらいて、本多の手を求めた。そしてその手を固く握り締めながら、かう言つた。『今、夢を見ていた。又、会ふぜ。きつと会ふ。瀧の下で』」

松枝清顕は二〇歳で死んだ。

「奔馬」では、

「飯沼は快活に笑つて戻つて来た。本多を傍らに置いて、瀧に打たれる打たれ方を教へようとするのであろう。高く両手をあげて瀧の直下へ飛び込み、しばらく乱れた水の重たい花籠を捧げ持つたやうに、ひらいた手の指で水を支へて、本多のはうへ向いて笑つた。

これに見習つて瀧へ近づいた本多は、ふと少年の左の脇腹のところへ目をやつた。そして左の乳首より外側の、ふだんは上膊に隠されている部分に、集まつている三つの小さな黒子をはつきりと見た」

飯沼勲も二〇歳で死ぬ。

「暁の寺」では、

「ジン・ジャンの腋《わき》はあらはになつた。左の乳首よりさらに左方、今まで腕に隠されていたところに、夕映えの残光を含んで暮れかかる空のやうな褐色の肌に、昴《すばる》を思わせる三つのきはめて小さな黒子が歴々とあらはれていた」

ジン・ジャンも二〇歳で死ぬこととなる。

「天人五衰」では、

「そうして上げた自分の腕を、窓の光が蒼々と辷《すべ》り下りて来て、石鹸の泡に見えがくれしている脇腹の、左の乳のすぐかたはらを明るませているのを、透はちらと見て微笑した。生まれながらに、そこに三つの黒子が昴の星のやうに象嵌《ぞうがん》されている。いつからともなく、透はそれを自分があらゆる人間的契機から自由な恩寵を受けていることの、肉体的な證しだと考へていたのである」

しかし本多透は二〇歳で死ななかった。では透は贋ものだったのか。

この『豊饒の海』四巻を通じ、四人の輪廻転生の目撃者となるのが透の養父、本多繁邦である。

先生との出会い

先生がこの世に居るならば、単なる冗談で忘れられたことであった。いや、冗談でも言えることではない。あのときなぜ、『豊饒の海』続編を書きますなどという不吉なことを言ったのだろう。後悔の念が私の心に、今も棘《とげ》のように刺さっている。

先生は七通の遺書を残している。そのうちの一通が私宛だった。遺書には、かなりあとになって気づくことになる、ある意図が隠されていた。先生のような高名な作家から遺書を授かる確率など宝くじに当たるどころの話ではない、限りなくゼロである。『豊饒の海』の影の主人公は「本多繁邦」、私は「本多清」。小説の世界と現実がオーバーラップして、単なる偶然とは思えないのだ。

昭和四二年一月元日付け読売新聞の朝刊に、先生は「年頭の迷ひ」という一文を寄せた。「自分も今年満四十二歳になるが、せめて地球に爪跡をのこすだけの仕事に着手したいと思って一昨年から四巻物の大長編にとりかかったが、少しでも早くこの作品の完成にたどりつきたいという祈りの反面、この大長編が完成する五年後は四十七歳になり、これを完成したあとでは、もはや花々しい英雄的末路は永久に断念しなければならない。英雄をあきらめるか、ライフ・ワークの完成をあきらめるか、そのむずかしい決断が、今年こそは来るのではないかという不安な予感がある。物書きとして死ぬか、英雄として死ぬか、そろそろ決断の時が来た……西郷隆盛は五十歳で英雄として死んだし、この間熊本に行って感動したことは神風連の指導者の一人で壮烈な最期を遂げた加屋霽堅《はるかた》が、私と同年で死んだという発見であった。私も今なら英雄たる最終年齢に間に合うのだ」

という内容であった。

先生の小説は『潮騒』ぐらいしか読んでいなかったので、作家三島由紀夫についてほとんど知らなかった私だが、この記事で何となく先生に興味を覚えた。

正月が明けて、三学期がはじまり、授業に顔を出すと、クラスメイトの金子弘道君が、「三島由紀夫に会うんだ。どうだい、君も会ってみないか」と言う。彼の誘いは望むところだった。一も二もなく「会ってみたい」と返事した。一月の末に南馬込の自宅を訪ねることになった。

一九歳の若者にとって一流といわれる人物との出会いは胸躍るものであった。まだ希望と野心で心が一杯の頃である。ある種の気負いで何だか自分まで偉くなったような心持ちになった。

先生の自宅はロココ式というのか、映画の世界でしか見たことのないような大きな家であった。白塗りの門塀にはめ込まれた金属製の「三島由紀夫」の表札、このあと何度もその前を通ることになるのだが、ダンディな先生を彷彿させるモダンなものであった。

応接室に案内されるとすでに何人かの学生が来ていた。応接室はテラスに面し、吹き抜けからも光が射し明るく、続きの二階部分の居間へと上がる階段が特徴的だった。

三島家の表札

やがて先生が部屋に入ってきた。はじめて見る先生はボディビルで鍛えただけあって、がっしりとした体つきであった。向き合うと、これまで遥か彼方の存在だった三島由紀夫の男くささを感じるようで鳥肌が立った。

集まった学生たちは私を含め、全学連とは反対の立場を取る者たちであった。先生は、「皆さんに集まってもらったのは六〇年の安保騒乱に鑑み、来たる七〇年安保を見据え、警察力だけでは不安がある、ついては民間防衛隊を創設し、対処する必要がある。日本の文化、伝統を守るために、ともに戦おうではないか」と挨拶した。

さらに、そのためには軍事技術、軍事知識の習得が必要になるので、まず、この三月に一カ月間、自衛隊に体験入隊をして訓練を受けないかと提案された。その場で全員が参加することになった。これが、のちの「楯の会」の一期生である。

肉体への開眼

先生は前年の春に、誰に頼まれたわけでもないのに平岡公威（本名）の名で久留米陸上自衛隊、富士学校、習志野空挺部隊に一人で入隊し、四六日間の訓練をこなしていた。

先生は久留米の自衛隊に入隊したときの体験を次のように書いている。

「夏の高良山マラソンの練習にいそしむ若い学生の、飛鳥のやうなランニングには追ひつけなかったが、二十二年ぶりに銃を担って、部隊教練にも加はった。肩は忠実に銃の重みをおぼえていた。行動の苦難を共にすると、とたんに人間の間の殻が破れて、文句を云はせない親しみが生ずるのは、ほとんど年齢と関はりがない。私は実に久々に、昼食後の座学の時間の耐へられない眠さを、その古い校舎の窓外の青葉のかがやきを、隣席の友人の居眠りから突然さめて照れくささうにこちらへ向ける微笑を味はった」（「自衛隊を体験す

る」サンデー毎日）
　先生はさらに、静岡の自衛隊富士学校滝ヶ原分屯地普通科新隊員教育隊に体験入隊した。与えられた宿舎は、二十数年前に学習院の野外演習で宿泊した兵舎であった。
「満開の姫桜の間を縫って、朝日にあたかも汗をかいた白馬のやうな富士を見上げて、半長靴で駈ける朝の駈足はすばらしかった。（略）山中湖の満目の春のうちをすぎる帰路の行程は佳《よ》かった。私はこれほどに春を綿密に味はったことはなかった。別荘地はまだ悉く戸を閉ざし、山桜は満開、こぶしの花は青空にぎっしりと咲き、湖畔の野は若草と菜種の黄に溢れていた。あくる日から連休に入ったので、私はこれほどにも濃密な、押絵のなかをゆくやうな春と別れて東京へかへった。そして大都会の荒涼としていることにおどろいた。すでに私は、営庭の國旗降下の夕影を孕んだ國旗と、夜十時の消燈喇叭のリリシズムのとりこになっていた」（サンデー毎日）
　先生の体験入隊はつづき、五月二五日、習志野の空挺部隊へ移った。
「空挺団はいはば、見えない大きな船に乗り組んだ、船乗りたちの危難共同隊であった。その快活、その元気、その連帯感、その口の悪さは、まさに古典的な船乗りの集団と似通っていた」（サンデー毎日）

このようにして先生は四六日間にわたって体験入隊し、己れの肉体に鞭を打ったのだ。

三島由紀夫に似た男

我々への訓練は新入自衛官が受ける基礎訓練からはじまり、戦術の講義、戦闘訓練、新兵から幹部になるまでのプログラムが一カ月で習得できるように組まれていた。戦後生まれのまったく戦争を知らない、軍事組織とはまったく無縁の者たちばかりである。大学では味わえない体験に好奇心を一杯にふくらませていった。

「楯の会」は大学生を中心に構成され、一〇名を一班として八班、社会人で構成されるOB班、希望者で構成される憲法研究班など、ほぼ一〇〇名までに育つ。月一回の例会、年二回の体験入隊（入会の際は一カ月間）。その後は一週間のリフレッシャー訓練。さらに自衛隊での入隊訓練以外に、都市でのゲリラ戦を想定した訓練も課せられるようになる。四〇代の先生も二〇代の我々とともに激しい訓練を同様に受けた。

さらに希望者は週一回、先生が通う水道橋の空手協会の道場でともに汗をかくことになっていた。

ある水曜日、稽古が終わって、先生と水道橋の駅まで来たとき、先生がキヨスクで週刊誌を買った。女性の店員がおつりを渡しながらしげしげと先生の顔を見て、

「あんた、三島由紀夫に似てるって言われない？」

と聞いてきた、先生は、

「そうなんだよ、あんな奴に似てるって言われて実は困っているんだ」

とニヤリ。

店員は「やっぱり」という顔をした。我々はおかしさをこらえきれずとうとう吹き出してしまった。

私は班長に任命されていた。班長は毎週木曜日、剣道、居合の稽古を皇居内の済寧館《さいねいかん》で先生と行い、稽古終了後、班長会議が皇居前のパレスホテルのレストランで食事をしながら開かれることになっていた。これには、万一不測の事態が起きたとき、皇宮警察とともに皇居を守るため、という意図が隠されていた。「楯の会」結成一周年の記念パレードが昭和四四年一一月三日、皇居前の国立劇場屋上で行われたのも、そういった事態が発生したとき、劇場を皇居防衛の拠点とするためであったのだろう。

不吉な夢

最後の班長会議は昭和四五年一一月一九日、すなわち事件の六日前であった。いつものように一週間の出来事が淡々と各班長から報告された。

事件には先生のほかに、森田必勝学生長、班長小賀正義、小川正洋、副班長古賀浩靖の四氏が参加した。他の班長や会員にはまったく知らされていなかった。それでも先生はこの最後の班長会議の日、さりげなく私にメッセージを伝えていた。もちろんそのときが先生との最後の晩餐になるとは知る由もない。

「お前は獄中に繋がれても、死んでも、俺と同じことをやる。思想を変えないよな」

六日後に我々は死ぬ。悟られないよう、それとなく死という言葉をまじえていた。

「人生は暗夜に遠くで燃える一本のロウソクの光を信じ、それを目指していけばいいんだ」

残される者に対する思いやりと指針をさりげなく語ったのだ。それなのに私は、

「先生、結局小説とは、何なのですか？」

と唐突に余計なことを聞いてしまった。

先生は我々と文学を語ることを好まなかったし、そもそも文学青年は入会させなかった。

それまで会員と文学について語ることはほとんどなかったのだ。

「森鴎外の短編に『寒山拾得』というのがあるから、それを読んでみな。小説のすべてがそこにある」

私がさらに、

「一冊しか読めないとしたら何を読めばよいでしょう」

と尋ねると、先生はお前らしい素朴な質問だなという顔で私を見た。

「林房雄の『青年』かな。『壮年』は良くない」

『青年』とは維新の元勲伊藤博文と井上馨の青年時代、『壮年』は二人の壮年期を描いたものである。

青年の志を失うな。壮年になってからでは遅い。今の心、青年の純な心を持ち続けろ、との励ましであったのだろう。先生が死ぬことを前提に、あたかもこれが最期のような質問をしていたのだ。

私は必ず週に二度は先生と会っていた。水曜日の空手の稽古、木曜日の剣道と居合の稽古、そして班長会議。それだけ会う機会がありながら、そのような問いかけを一度もしたことはなかったのに、あのときなぜあのような質問をしたのか……。実は、それは不吉な前兆があったからだった。

私はその年の一一月になって、三度、同じ夢を見ていた。それは「三島由紀夫死す」というニュースをテレビで見ているという夢であった。「先生が亡くなったニュースを夢で見た、それも三度も」とは先生には言えなかった。私自身、そんなことはない、先生が死ぬなんて、単なる夢だ……と打ち消していた。だが、それが心の奥にあって、ふっと、あのような質問をしてしまったのだろう。

血の河

「楯の会」全員と自衛隊員がともに決起することが、先生の「夢」だった。自衛隊の演習地で、我々も自衛隊から支給された小銃と実弾を手にして訓練を行った。はじめて六四式自動小銃を撃ったときの「パーン、パーン」という乾いた音が今も耳に残っている。戦後、自衛隊で隊員以外が実弾射撃を実施したのは「楯の会」だけである。

私が自衛隊で訓練を受けて思ったことは、自衛隊には今なお旧軍の伝統が息づいている、ということだった。たとえば六四式自動小銃の引き金のすぐ上に「ア・タ・レ」とカタカナが刻まれたレバーがあるが、アは安全装置、タは単発、レは連射を意味し、旧日本軍の三八銃に縁起をかついで取り付けられたものを引き継いでいるのだ。

「楯の会」にはさまざまな考えを持つ者がいた。私は国を守るためという信条に共鳴して入会したから、「楯の会」が自ら行動を起こすことには反対だった。一時的に成功しても、二・二六事件と同じ結果になる。しかし、先生が自衛隊と行動するなら、先生から刀を戴いた者として先生についていくつもりであった。ところが直前になって自衛隊が脱落したため、全員挙げて行動する機会は失われてしまった。当初、決起の場は国会議事堂という案もあったようだが、「犠牲を最小限に止《とど》めるために」少人数で決行することになり、決起の場は市ヶ谷になった。

一一月二五日、その日、私は自宅にいた。一二時少し前に食卓についた。チャンネルをひねると正午の時報が流れ、ＮＨＫの昼のニュースがはじまった。そこにいきなり飛び込んできたのが「三島由紀夫自衛隊に乱入」であった。それが何を意味するのか、咄嗟には分からなかった。

しかしすぐに、

「ああ、先生は死んだ」

と思った。

「あの夢だ。夢の通りだ……」

さらにアナウンサーは甲高い声で「四人の『楯の会』会員も乱入した」と言う。

「じゃあなんで俺は今、家で飯を食っているんだ」

会員が一緒というのに、なぜ自分がそこにいないのか。四人とは誰だ。画面には先生が総監室のバルコニーで演説している姿が映し出された。その傍らに普段は人懐っこい面影の森田必勝学生長が、鬼のような形相で立っていた。

すれ違い

そのとき「楯の会」会員の川戸志津夫氏が電話してきた。

「見たか」

「うん」

「どうしたんだ。君は何も聞いてなかったのか」

「うん……」

「今からそちらに車で迎えに行く、待っていてくれ」

彼は「楯の会」で唯一の文学青年であり、しかも社会人であった。本来入会できないが、一人くらい彼のような者がいてもいいだろうとの、先生の計らいだった。川戸氏は熱烈な三島ファンで、先生の著作の初版本をすべて持っていた。

彼の車で市ヶ谷に向かう途中、あれか、と思い当たることがあった。

その年の三月三一日、赤軍派による「よど号」ハイジャック事件が起きた。そのとき先生からはじめて私の家に電話がかかってきた。

「三島由紀夫と申します」

先生はどんな近しい人でも、必ずフルネームを名乗られたようだ。

私の家は小さな文房具店を営んでいた。店番をしていた母が電話を取った。先生からの電話にびっくりしたのだろう、

「き、きよし、三島先生から電話ッ」

と私を呼んだ。

何事かと急いで電話に出ると、

「やられたな」

先生はひと言、そう言った。咄嗟には意味がよく分からなかったが、
「ええ、そうですね」
と話を合わせた。「楯の会」がハイジャックなど起こすことはない。なぜ「やられた」なのか。

すでに先生は行動計画を練り上げていた。国民に、命を懸けた行動の真意を理解させるためには、世間の注目を集める必要があった。しかし赤軍派に事件を起こされ、先を越されたという思いであったのか。

当時の私には、「楯の会」が何か事件を起こすという発想がなかった。このときの私の反応は先生にとって、不満であったに違いない。

銃口を向けられた楯の会

市ヶ谷まで来ると、辺りは警察車両で騒然としていた。いつも例会が行われる市ヶ谷会館の前は特に警備の車両が多く、やむなく車を路上に置き、会館に向かった。すると会館の玄関前に「楯の会」会員が整列して、「君が代」を歌っている。それを警官隊が取り囲み、

銃口を向けていた。会員たちはそのまま警察に留置された。

この日、例会が開かれていたことを、そのときはじめて知った。

「そうだったのか……」

なぜ私だけ自宅にいたのかが、このとき、分かった。月一回の例会は市ヶ谷会館で行われ、先生の講話、整列行進訓練のあと、昼食はレストランでカレーライスと決まっていた。もちろん、費用はすべて先生が支払っていた。


実はそれまで仲間内で「召集令状」と呼んでいた例会の案内は、私が出していた。それがどういうわけか八月、九月は阿部勉氏が出すことになった。そして九月の例会では先生から、「一〇月、一一月、一二月の三カ月は秘密保持の訓練を行うから、この三カ月は自分がハガキを出す」との達しがあった。三カ月の間、例会には二度だけ出席する。いつ出席するかは分からない。案内のハガキを受け取った者だけが出席する。しかもハガキが来たかどうかも、会員間で話してはならないという。

私には一〇月例会のハガキが来た。一一月は来なかった。一一月の例会は、まさに二五日であったのだ。

楯の会十一月例会

貴兄を十一月例会にお招きします。

万障御繰合せ御出席下さい。

十一月二五日（水）　市ケ谷会館

午前十時半集合

服装ー冬制服。　作業衣等持参。

三島由紀夫

この一一月の例会には、班長は一人もいなかった。一〇月の例会のハガキは全員に来た。したがって一〇月一九日が「楯の会」全員での最後の例会になった。それは、班長を一一月の例会に出席させないための仕掛けであった。

少なくとも班長は皆、先生から日本刀を一振り渡されていた。日本刀を戴いたということが何を意味するのか、分からぬ者はいない。先生と行動をともにするという、暗黙の了解である。先生とともに日本を守る、天皇を守る。

しかし決起は五人だけで行われた。事件後の混乱を最小限に抑えるため、班長は警察に留置されてはならないとの周到な準備がなされていたのだ。

先生からの遺書

ケイタイのない時代である。私は市ヶ谷会館から歩いて五分のところにある会員の家の電話を借り、自宅に連絡を入れた。すると、先生の奥様から電話があったという。さっそく折り返したところ、奥様は落ち着いた声で、

「あなた宛の遺書があるので取りに来て」

と言われた。ただ家の周りは報道陣が一杯で「楯の会」会員だと分かると大変だから、親戚だと言って裏口から入ってきなさい、と指示された。

三島邸の前の道路は多くの報道陣で埋め尽くされていた。言われた通り何食わぬ顔で裏口から入った。瑤子《ようこ》夫人が待っていて、

「しっかりしなさいよ」

と言うなり、二階の部屋に案内された。そこは先生が日光浴を楽しむバルコニーのある部屋だった。入ると部屋は一階、二階と吹き抜けになっていて、三階の円形の部屋、浴室と一体化されていた。下町育ちの学生にとっては別世界のような空間だった。

「ここが主人の寝室なの」

もちろんはじめて見る部屋だった。

「ここでゆっくり読みなさい」

遺書の表書きには私の名がしたためられ、脇に、

住所　荒川区南千住1－49－1

電（801）1260

先生を囲む若き獅子たち

と添えてあった。

先生は、夫人が私に連絡できるように住所と電話番号を書いていたのだ。先生がその日の朝まで寝ていたベッドの縁に腰掛け、遺書を何度も読み返した。涙がとめどなく流れた。

楯の会の歌

事件の二〇日前から三日間のリフレッシャー訓練が自衛隊の駐屯地で行われた。これが最後の自衛隊での訓練となった。最終日、打ち上げの宴会が開かれた。これも「楯の会」として最後の宴になった。先生はこのとき、いつになく酒を飲まれた。それまで飲んで寝るというようなことはなかったが、このときは座敷だったこともあるが、酔って横になってしまった。

そんなことには構わず我々は歌い、騒いでいた。当時はまだカラオケなどはない時代、私は音痴でまともに歌える歌などなかったので、西郷隆盛の自刃《じじん》を詠んだ「城山」という詩吟を吟じた。

「それ達人は大観す、抜山蓋世の勇あるも、栄枯は夢か幻か……」

ここまで吟じた途端、寝ていた先生がガバッと起き、

「おお、俺はこの歌が好きだ」

と叫んだ。あと二〇日でこの世を去る——この歌はまさに、先生の心境そのものであったのだろう。

宴会の最後に皆で「楯の会の歌」を歌った。先生の作詞で、クラウンレコードから発売もされている。

♪ 夏は稲妻、冬は霜
　富士山麓にきたえ来し
　若きつわものこれにあり

われらが武器は大和魂
とぎすましたる刃こそ
晴朗の日の空の色
雄々しく進め楯の会

♪

憂いは隠し夢は秘め
品下りし世に眉あげて
男とあらば祖国を
蝕む敵を座視せんや
やまとごころを人問わば
青年の血の燃ゆる色
凛々しく進め楯の会

♪

兜のしるし楯ぞ我
すめらみくにを守らんと

嵐の夜に逆らひて
よみがえりたる若武者の
頬にひらめく曙は
正大の気の旗の色
堂々進め楯の会

（正式のタイトルは「起て！　紅の若き獅子たち」）

果たすべき役割

この訓練中のある夜、私は先生の部屋を訪ねた。大学を卒業したら結婚したい、ついては先生に仲人になっていただけないか、と頼んだのだ。私が同級生の女性と付き合っていることは先生も知っていた。国立劇場で行われた「楯の会」結成一周年記念パーティにも彼女が出席することを許してくれていた。以前、「結婚するときはオレが仲人をやってやる」と先生に言われたこともあったので、気軽に仲人を頼んでしまったのだ。二週間後にあのような行動を起こすとはつゆ知らず……。

先生は私の申し出に、

「そうか、めでたい、いいよ」

と快諾してくれた。

卒業後といっても翌年の一〇月の予定であった。一年も前から頼まなくてもよかったのだ。このときに頼まなかったら、私宛の遺書はあっただろうか。

来年はこの世にいない、果たせないと分かっている約束をなぜされたのか。この行動は先生と森田学生長の二人の間で、すでにかなり前から計画されていた。この一一月の時点ではすべての計画と人選は完了していた。私が外されたのは、このとき仲人を頼んだからではないことが分かる。

私は先生の死後、『豊饒の海』を改めて読み返した。第一巻「春の雪」の二章に、

「友だちと云つては、同級生の本多繁邦だけと親しく附合つた。もちろん清顕と友だちになりたがる人は多かつたけれども、彼は、同年の野卑な若さを好まず、院歌を高唱してうつとりしたりする粗雑な感傷を避け、その年齢にしてはめづらしい本多の、もの静かな、穏和な、理智的な性格にだけ心を惹かれた。

そうかと云つて、本多と清顕は、外見も気質もそんなに似通っているといふのではなかつた」

とある。「本多と清顕は」の「と」を取ると本多清顕。いつの日か「本多清」が顕《あきら》かにする。やはり本多が果たすべき役割がある。そうでなければ三島先生が遺書を本多に残すはずがない。『豊饒の海』続編は何を書けばよいのだ。何を、本多清、顕かにすればよいのだ。以来五〇年間、この思いが私の脳裏から離れることはなかった。

ミシマスキー

昭和四四年三月に三期生の体験入隊が一カ月実施された。この頃における我々の体験入隊は企業研修などで採用されているのとは違い、北朝鮮の新兵教育を念頭に置いたもので、自衛隊の新兵訓練に比べてもより高度で濃い内容であったと思う。すでに昭和四三年三月の一期生、八月の二期生と合わせて「楯の会」は五〇名を超えるまでに育っていた。一、二期生の練度を上げるため、同時に一週間のリフレッシャー訓練も行われた。すでに基礎訓練ができているので、さらに上級のカリキュラムが編成されたのだ。

この期間中、先生は一度として訓練を欠かすことなく、常に率先して参加した。あるときなど、土嚢《どのう》競技で土嚢をうまく担げずにいる会員を見て、先生が上半身裸になり、「こうやって担ぐんだ」と手本を示すこともあった。一カ月に及ぶ訓練は厳しいものだったが、ある日、こんなきわどい「演習」が行われた。

それは自衛隊員と「楯の会」会員が敵、味方に分かれ、敵の大将を拉致するという訓練である。すでに我々班長は野戦の小部隊が行う対テロ戦やゲリラ戦の手ほどきを富士学校で受けていた。先生が即座に大将役を買って出たので、我々班長四人が先生を襲撃することになった。

午後二時過ぎ、先生を乗せた装甲車が演習地にその姿を現わした。待ち伏せていた我々はまず丸太を投げ入れて進路をふさぎ、装甲車を包囲した上で、私が最初に運転席に乗り込んだ。運転していた自衛隊員を脅し、後部座席を振り返った途端、私は思わず「あっ」と声を上げてしまった。なんと先生は、どこで手に入れたのかソ連軍の軍服を着てサングラスをかけ、顔や手も白粉だらけというメーキャップを施していたのだ。芝居や演劇の世界に精通していた先生は、前もって親しいメーキャップの専門家を待機させていたらしい。それでも構わず四人がかりで先生を引っ張り出そうとしたが、ボディビルで鍛えた体はテ

ミシマスキー

コでも動かなかった。まもなく全員が装甲車を取り囲むとそれを待っていたかのように降りてきた先生は片手を上げ、

「吾輩は将軍ミシマスキーである」

と言うなり呵々大笑。つられて全員が爆笑の渦に巻き込まれてしまった。

そのときの先生の無邪気な笑顔を、私は今も忘れられない。

不意打ちのラッパ

最終日は大雪になったが、訓練は行われた。雪のなか、思うように身動きがとれず、これでは皆全滅だ、と実戦の難しさを味わわせられた。その夜、ＰＸと呼ばれる隊内にある食堂で自衛隊員の教官を招いてお別れパーティが開かれた。厳しい訓練が終わった解放感もあって、無礼講の宴会になった。なかには厳しい訓練を指導してくれたお礼とばかり、教官たちに感謝の酒を頭からかける者まで出る始末だった。当時、自衛隊は日陰者と形容される存在、そんななか、積極的に教えを受ける若者たちに教官たちも同志として応え、涙と感動の内に宴会は終わった。

ＰＸから隊舎に、私はある教官と肩を組みながら戻った。一二時近かった。隊舎は消灯して、他の隊員は就寝していた。皆で騒いだ後である、声が多少大きかった。何もない静かな富士の裾野の隊内である。

午前二時、非常呼集のラッパが鳴った。飛び起きた。寝たのは一二時過ぎ、それも泥酔していた。普通ならとても起きられたものではない。咄嗟に、

「しまった」

と思った。戦闘服を乾燥室に入れて乾かしていたのだ。

ところがなぜか、枕もとにキチンと畳んで戦闘服が置いてある。誰かが取ってきてくれたのか。そんなことはない、ここは自衛隊である。自分でやらなければ、やってくれるわけがない。なんとまったく憶えていなくも、自分でちゃんと乾燥室から持ってきて、枕も

とにキチンと畳んで置いて寝ていたのだった。

五分後には全員が先生と教官の前に整列した。極寒の富士の裾野、しかも午前二時。寒さと酔いと眠気と何が何だか分からないフラフラの状態であった。

「昨日で訓練は終わりじゃなかったのか」

そう思ったが、まだ終わっていなかった。敵は何時《いつ》来るかも分からない常在戦場、心の準備を怠るなという先生の愛のムチである。

「これより一〇キロ先の敵陣地を攻略する」

徒歩ではなく駆け足であった。これから一〇キロ走らされるのか。しかも銃を抱えている。

「はじめ！」の号令。他の会員は酔いが醒めたのか、青ざめている。

日本酒をかなり飲んだようだ。水が飲みたい。吐き気、走りながらもどす。落伍するわけにいかない。雪道である。何度も転倒した。

やっと小休止。雪の上に倒れ込む。手を伸ばし道路わきの雪をつかみ、そのまま口に入れる。ジャリという音。土までつかんでしまった。慌てて吐き出す。また吐き気。あっという間の小休止。「はじめ！」、何も考えずに、また走る。

訓練中に外国人記者の取材を受ける先生

「止まれッ」

　やっと目的地に着いたかと思いきや、

「これより前方の高地を全員で攻撃する」

　一〇〇メートル先に小高い丘が見える。

「突撃ッ」

　銃を構え、丘の頂上めがけて突進した。雪道を一〇キロ走ったあと、全速で一〇〇メートル。皆、やっとのことで走っていた。丘の上に本当に敵がいたら全員戦死だな……そんな思いが頭をよぎった。

　頂上に着いた。辿り着いたと言う方が正しいかもしれない。

　丘の上に整列した。先生が列の前に進み出て教官たちに向かってお詫びの挨拶をされた。

　最後に、私の名が呼ばれた。何だろうと思

ったが、一歩前に出た。

「貴様は昨晩、隊内を騒がせ、隊員の方々にご迷惑をかけた。ここで罰として腕立て伏せを一〇〇回しろ。隊長の責任として、俺もやる」

腕立て伏せが始まった。そこにいる全員、教官たちも私に付き合って、一緒にやってくれた。腕立て伏せ一〇〇回、今までにやったことのない回数である。途中でへたばるわけにはいかない。意地でもやらなければならない。全員がやってくれている。ただ夢中でやった。はじめての挑戦、突然体が軽くなった。何とかできた。人間、死ぬ気になれば何でもできるものだ。泥酔状態で一〇キロ走り、丘の上まで一〇〇メートル突撃、そして腕立て伏せ一〇〇回。

しかし、なんで罰なんだ。昨晩誰かと喧嘩したわけでもないのに。少し声が大きかったかもしれないが……。

その頃、自衛隊には山本舜勝《きよかつ》陸将補を長とする我々を担当する部隊があり、そうでない他の部隊の一部に多少のやっかみがあったようだ。それが、酔って騒ぐとは何事だ、という苦情になった。それで私が槍玉に挙げられたのだ。いずれにしても、今思えば良い体験であった。どんな状況でもやればできるということを（身をもって？）実践したのだから。

帰りは徒歩であった。

「助かった……」

駐屯地に戻った。夜はすっかり明けていた。午前一〇時から除隊式が行われる。だが猛烈な二日酔いである。まっすぐ立っていられない。それに吐き気もある。これでは整列して一分ももたない。除隊式に出られる状態ではない。先生に話すと、あっさり了解してくれた。除隊式の間中、私はトイレで吐き続けた。これからもあんなに苦しい思いをすることは二度とないだろう。

ド・ゴールと楯の会

東京に戻ると、しばらくして先生から呼び出しがかかった。お宅に伺うと森田さんが先に来ていた。

「『楯の会』も一〇〇名に増えた。いつまでも学生長を空席にしておくわけにはいかない。君らのどちらかが学生長になるよう、二人で決めろ」

という。富士であのような失態を演じたにもかかわらず私を気にかけてくれている先生の思いやりに、胸が熱くなった。

森田さんは早稲田の先輩、しかも人望もあり、私より遥かに適任だった。

「先生、私は辞退させていただきます」

私は即座にこう答えた。

当時、「楯の会」会員になるには、まず学生長の面接を受けなければならなかった。先生は初代学生長に持丸博氏を指名されていた（持丸氏はまもなく退会）。その頃、新聞や「平凡パンチ」などの若者向け週刊誌に盛んに「楯の会」のことが、凛々しい制帽制服姿の写真とともに報道され、世間の注目を浴びていた。当然、応募が殺到し、持丸氏は第一回面接だけで希望者の五〇人以上を落としている。ちなみに、応募者たちが憧れた「楯の会」の制服は、冬服はカラシ色、夏服は純白で、道ゆく人が目を見張るほど派手なものだった。よく若い女の子からすれ違いざまに「かっこいい！」と黄色い声をかけられたものだ。この制服はド・ゴール仏大統領の軍服をデザインした五十嵐九十九《つくも》氏の手になるもので、当時の金額で一着一万円もしたらしい。先生の友人で西武百貨店の社長だった堤清二氏は次のように話されている。

「三島さんから私のところに電話があり、『今度おもちゃの軍隊を作ることになったんだが、制服はうんと格好良くなくちゃいけない。僕が調べたところド・ゴール将軍の軍服が一番いい。あれを作ったデザイナーを調べてくれないか』と依頼されたのです。調査の結果、そのデザイナーは五十嵐九十九という日本人で、おまけになんと当時西武デパートに勤めていたということが分かりました。さっそく電話でそう伝えると三島さんは大変喜んで、『君のところで作って請求書と一緒に納めてくれ。費用はすべて僕が払う。ただしできるだけ安くしておけよ』ということになり、すぐに本人がデザインイメージを描いたものを送ってこられました。徽章のデザインまで詳細に指示してあり、文章だけでなく絵も上手いんだなと感心したものです。言うまでもなく三島さんの指示通りにできるだけ安くして納めました」

もしあのとき……

今、五〇年経ってみて、もしあのとき、私が学生長になっていたらどうなっていただろうかと思うことがある。事件は一般的に「三島事件」と呼ばれているが、森田さんなくしてあのような形での決起はあり得なかった。だから「森田事件」とまで言う人もいる。

私は、先生には生きていてほしかった……。先生が生きていたら、今の作家たちよりもずっと重厚で、しかも国民的人気の高いノーベル賞受賞作家として、文壇でも活躍していたことだろう。

もし、ということを言ったらきりがないが、人生振り返ると、あのとき、別な道を歩んでいたらということは誰にでもあるだろう。

私は東京の荒川区に住んでいた。両親は区内にあった有名校の開成中学に進学させようとしていた。そのために塾にも通わせてくれた。私もそれなりに勉強したつもりだった。私の通っていた瑞光小学校から二人受けて、一人落ちた。私である。

その合格発表の日、父のオートバイ（通称「メグロ」）の後部座席に乗り、開成中学に向かった。発表の掲示板の前で番号を探す。父も同じように私の番号を目で追っている。同時に二人の目の動きが止まる。

「ない」

そのとき父は何も言わず、後ろから私をぐっと抱きしめてくれた。言葉は要らなかった。嬉しかった。落ちたが、何か温かかった。今もそのときの父のぬくもりが背筋に残っている。

父は若い頃、憲兵だった。父がロシアとの国境に近い、今の北朝鮮のはずれに勤務していたとき、写真だけで結婚が決まり、母は単身、リュックサック一つ担いで嫁入りしたという。今ではとても考えられないことである。

日本が降伏したとき、父はシンガポールにいた。兵隊は収容されたが、暴動の鎮圧に当たっていた父は英米軍が来る前に、運良く、飛行機で、日本に帰ってこられた。収容所に入れられた人たちが帰れたのは四、五年経ってからだったと聞く。そうすると私はこの世に生まれることができなかった。私は昭和二二年生まれである。

父と母は小さな文房具店を営みながら、私たちを育ててくれた。私は絵と作文が大嫌いだった。夏休みの宿題で絵や作文をいい加減に書くと、決まって母は、「うちには画用紙も原稿用紙も売るほどあるのだから」と言って、何度も何度も書き直しを命じた。その結果、教室に貼り出され、先生に褒められたりしたこともあるにはあったが……。

志望校は落ちたので、区立の中学校に入った。そこではそこそこの成績だったので、私の属する学区では最も難関といわれる都立上野高校を受験した。私の通う中学校からは七人受けたが、今度も一人落ちた。また私だった。こうして、都立竹台高校という女子が八割を占める元女子高に行くことになった。大学の志望校は早稲田大学政治経済学部の政治学科。政治家に興味があったからだ。

一年の浪人は人浪（並）の時代であった。今はなくなってしまったが、市ヶ谷の城北予備校に通った。左内坂を登り、自衛隊市ヶ谷駐屯地の東門の前を通り、塀沿いに少し行ったところにあった予備校に一年間、通ったのだ。まさかここで先生が自決することになろうとは夢にも思わなかった。

かなり勉強したつもりだったが、結果は補欠にも入っていなかった。やむなく滑り止めに合格していた慶応大学法学部政治学科に入学することにし、手続きを済ませた。ところが三月二一日になって早稲田大学からハガキが来た。不合格はミス、合格しているので入学手続きをするようにと書いてあった。

しかし父は、慶応の方が良いと言い張った。父は中学卒業後、憲兵学校に入った。時局柄、大卒と一緒であった。早稲田大学卒の学生もいたが、どうも彼らは成績が悪かったらしい。慶応に入学金などすべて納めたあとだったが、どうしても早稲田に行きたいと父を説得し、なんとかもう一度入学金を出してもらった。

もし父の言うことを聞いて慶応に進んでいたら「楯の会」に入ることもなかっただろうし、したがって三島先生に出会うこともなかったから、私の人生はまったく違ったものになっていたであろう。

一二月二八日

昭和四四年の夏、新入の四期生の体験入隊が実施されたときのことである。一、二、三期生もリフレッシャー訓練のため、四期生に合流していた。

八月二三日の除隊式のあと、御殿場の旅館で打ち上げの宴会が開かれた。いつものように我々がワイワイ騒いでいると、先生がやおら立ち上がった。

「これからある人を皆に会わせる。ただし握手やサインを求めたりしないこと。軍人らしく振る舞うように」

と注意があった。

そこに、襖をサッと開け入ってきたのは、なんと石原裕次郎さんと渡哲也さんだった。たちまち「オーッ」というどよめきが起こった。

先生は石原裕次郎さんと、封切られたばかりの映画『人斬り』で共演していた。先生の役どころは薩摩示現流の使い手、田中新兵衛で、石原さんは坂本龍馬役。二人は撮影中に意気投合したらしい。

このとき、石原さんは『富士山頂』という映画のロケの合間を縫って先生に会いに来たのだった。

あこがれの大スター、石原さんは、さすがに貫禄十分で飲みっぷりも豪快だったが、この頃の渡さんは俳優というより石原さんの付き人といった印象で、しかも下戸だった。

石原さんも渡さんも、年齢は七歳違うが、同じ一二月二八日生まれであった。このことを知るのは、ずっとあとになってからである……。

映画「人斬り」に出演した先生と石原裕次郎、勝新太郎、仲代達矢の各氏

それから二二年が経とうとしていた平成三年七月、私は知人の勧めで、あるセミナーに参加した。会場は湯島天神のすぐそばのかなり年季の入ったマンション内にある1DKの小さな部屋だった。
講師の三木野吉先生は白髪の、七〇過ぎの老人で、佐々木さんという事務員が応対してくれた。すでに何人かの女性が来ていた。
三木先生に挨拶すると、

「ああ、聞いていますよ」

と言って、いきなり生年月日を聞かれた。

答えると三木先生は、あれッといった顔をした。

やがて講義がはじまった。

「私は、『心は光』でできていると思っております。『光』といっても『心の世界の光』です。この世の光が全部まじると白色光となるように、白色光に相当する光です。古来、この光を黄金色（ゴールド・カラー）と呼んでおります。この『光』は九色の色（光）から成り立っています。

私たちには表面意識、自分が自分であると思っている心ですが、これは一〇％しかありません。あとの九〇％が潜在意識なんです。ですから『心は光』であるということを知らないうちは、自分の心のエネルギーを一〇％しか活用していないと言っても過言ではありません……」

それから私の顔を見て、

「本多さん、あなたは一九四七年五月一四日生まれでしたね。そうすると本多さんの表面意識は３１４という光でできているということになります。私の師の光が同じ組み合わせなので、少し驚きました。この314の三つの光のなかで特に一つを大切にしてください。

本多さんを一番輝かす色、それは黄色なんです。黄色を好きになってください。もしあなたを一番輝かしてくれる光（色）が嫌いだったら、人生はどうなるでしょう。いろいろ苦難の道を歩んでいる方が多いようです」

世界一のベストセラー『聖書』

ここで三木先生は話を変えた。

「本多さん、聖書はご存知でしょうが、お読みになったことはありますか」

「いえ、ありません」

「そうでしょうね。聖書といっても、これからキリスト教とか宗教の話をするわけではありません。聖書は世界で一番発行部数の多い本ですので、それなりの意味のあるものなんです。私はキリスト教徒ではありませんが。

聖書は天と地の創造、つまり天地創造の話からはじまり、アダムとイブ、人間の創生、そしてノアの方舟《はこぶね》、洪水の話になっていきます。ノアの洪水の話はご存知ですか」

「ええ、少しは知っています」

三木先生は私に聖書を見せ、洪水の場面が書かれた頁を開いた。

「そこを読んでみてください」

私は声を出して読んだ。

「方舟は七月一七日にアララテの山にとどまった。水は次第に減って、一〇月一日になって山々の頂きが現われた。六〇一歳の一月一日になって、地の上の水は涸れた。ノアが方舟の覆いを取り除いてみると、土のおもては、乾いていた。二月二七日になって、地はまったく乾いた」

するとと三木先生は、

「分かりましたか、アララテという山に着き、人類は助かった……」

三木先生の話はさらに続く。

「戦後最大のスターといえば、男性では石原裕次郎さん、女性では美空ひばりさんでしょう。スターになるということはそれなりの使命があるのです。美空さんの最後の舞台を見れば、彼女がどれだけ自分の果たすべき役割を感じていたかが分かります。自分の運命を感じていたのではないかと思います。

人生は生きても一〇〇歳、長ければいいというものでもありませんが、お二人とも五二歳で亡くなっています。

美空さんは六月二四日の一二時二八分に亡くなりました。石原裕次郎さんは七月一七日に亡くなったが、生まれたのは一二月二八日です。石原さんの意志を継いだ渡哲也さんも同じ一二月二八日生まれでした……」

言魂と語呂

そこまで聞いて私はつい、

「先生は語呂合わせが得意ですね」

と言って笑ってしまった。「いけない」と思ったが、三木先生は、

「光と数とは言魂と語呂が奇妙に合ってくることがたびたびあります。それを、語呂合わせから光の真実を導き出したように誤解なさる方がいらっしゃいます」

と諭すように言った。

さらに三木先生は、

「聖書には『方舟は七月一七日にアララテの山にとどまった』とあります。この日は石原裕次郎さんの命日です。では、アララテの山とは、どんな山かご存知ですか」

と私に尋ねてきた。

「いえ、知りません」

「では、この五千円札（現千円札にも同じ図柄がある）の裏を見てください。富士山が印刷されていますね。そして湖に富士山が映っていますね。よく見てください。何か、気がつきませんか、変だと思いませんか」

「……なるほど、湖に映っている方の山は富士山ではない、別の山ですね」

「そう、湖に映っている山は、富士のなだらかな優美さとは似ても似つかない、峻厳な山ですよね。これがアララテの山なんです」

「えっ……」

「ある意図が隠されているんですよ。富士山の持つ役割は、すなわち世界を救う日本の役割を示しているわけです」

だんだん言っていることが分からなくなってきた。だが単なる語呂合わせではなさそうだ。

「三木先生、実は私は学生の頃、石原裕次郎さんと渡哲也さんに会ったことがあるんです、しかも富士山で……」

「そうですか本多さん。なぜなのか、いずれ分かりますよ」

何とも不思議な気持ちにさせられた一日だった。

第二章　楯の会と自衛隊

自衛隊に刃を向ける？

昭和四五年元旦、私たち「楯の会」班長ら一〇名が新年会に先生のお宅に呼ばれた。先生の友人たちや文化人、それに山本舜勝陸将補ら自衛隊幹部も招かれていた。すぐに豪勢な料理が運ばれ酒宴となった。そこに美輪明宏さんが入ってきて、私の隣に座った。

五〇年前である。美輪さんは当時三〇代前半、先生が「天上界の美」と絶賛した美貌で、マスメディアは「神武以来の美青年」と評していた。女性に感じる色気ではない、まさに妖艶というのは美輪さんのためにある言葉だと思った。美輪さんは先生のことをしきりに、「言葉の宝石箱」と言っていた。

先生は劇団を主宰していた関係から芸能界にも人脈を築いていた。親しい芸能人の公演があると楽屋にバラの花を届けるなどして信頼関係を深めていたのだ。

例によって我々会員がワイワイ騒いでいると突然、美輪さんが立ち上がり、

「三島先生の後ろに誰かがいる」

と叫んだ。一同ビックリしたが、先生は落ち着いた顔で、

「誰だい」

「名前は分からない、三島さん、心当たりの人の名前、言ってみてください」

先生が数人の名前を挙げた。

「いや、違いますね」

先生はちょっと考えて、

「じゃあ、磯部かな」

「そう、その磯部っていう人ですッ」

少し甲高い声だった。

磯部とは、二・二六事件の首謀者、磯部浅一一等主計のことである。美輪さんは知らなかったようだが、我々「楯の会」会員にはなじみの深い人物であった。かつて先生は『「道義的革命」の論理』という本のなかで磯部一等主計の遺書について書いていたので、我々はその名を知っていたのだ。

その頃の美輪明宏さん

「やっぱり磯部か」
先生は自分に言い聞かせ、納得させるような、それでいて、どこか嬉しげな表情だった。

宴の最後に先生が挨拶された。このとき山本氏らに向かって「場合によっては自衛隊に刃を向けることもありうる」と発言されたというが、私は聞いていない。

白熱の講義

話は二年前に遡る。

昭和四三年、自衛隊はいよいよ「楯の会」への訓練を開始することになった。自衛隊の治安出動の際に「楯の会」を協力させるという先生の構想は、自衛隊上層部の思惑とも一致していた。

この頃、学生運動における過激派の闘争戦術は激化し、投石や火炎ビンにより警官に死者が出ていた。

五月に入り、パリでは五月革命と呼ばれる学生や労働者の大騒擾がはじまった。いわゆる「カルチェ・ラタン」というこの闘争方式は、早くも翌六月には東京にも姿を現わす。東大や日大の全共闘が、大学内に設けた拠点から出撃し、市街地の一角にバリケードを作り、群衆を巻き込んで、無法地帯を拡大する戦術がそれである。

ちょうどその頃、自衛隊上層部の意を受けた山本舜勝陸将補が部下を率いて、我々の指導に乗り出してきたのだ。

山本陸将補は陸大卒業後、中野学校で教官を務め、戦後はいち早く米陸軍に留学した情報畑の軍人であった。自衛隊では中野学校の流れを汲む陸自調査学校（現陸自情報学校）の副校長として、また山本流兵学の祖として、自衛隊将校に隠然たる力を及ぼしていた。当時の私にとっては文字通り雲の上の存在で、その人柄に触れるようになったのは先生の死後、山本氏が晩年に至るまで富士宮で行っていた三島先生と森田学生長の慰霊祭を手伝うようになってからである。

この山本氏による訓練にかける先生の熱意は激しく、自ら都内や郊外の旅館、時には寺院や劇場などを手配して会場を確保し、一切の費用は自衛隊に負担させず、すべて先生が支払った。

山本氏による第一回訓練は品川の旅館の一室を借り切って行われた。私服姿の自衛隊員たち数人も参加した。

山本氏はまず、日本への間接侵略、または騒乱に対して、それを背景に行われる治安出動に際しての基本戦略について我々に教えることからはじめた。それはゲリラ戦略であり、その戦略の基本概念を把握しなければならない。山本氏はかねてから温めていた構想により講義を開始した。

世情が騒然の度を強めるなか、山本氏の指導はますます熱を帯び、ほとんど連日のように行われるようになった。戦中戦後の動乱期を戦術家として生きた人物の講義に我々は強い感動を受けた。山本氏のメモを参考にいくつかの訓練の模様を振り返ってみよう。

（五月二七日）――日本で現実に起こったスパイ事件を例に講義が行われた。秋田県能代市の浜辺に、二人の死体が打ちあげられたことから発覚した「能代事件」である。上陸直前にボートが転覆して溺死したものと見られ、男の一人は北朝鮮人と推測された。不思議なのは携行品であり、そこからスパイではないかという容疑が発生することになった。

その携行品とは、ソ連製拳銃、無線機、日本円一一万四〇〇〇円、米ドル一万一〇〇〇ドル、列車時刻表、日本地図、新調背広、下着、東京と大阪の道路地図、偽造免許証、偽造名刺、粉末食糧、さらには下着の縫い込みに暗号と乱数表まで入っていた。

このような装備から見て、かなり大物の工作員と推測された。そして地図などから、秋田に上陸ののち、東京や大阪に向かう予定であったと思われた。しかしこの事件は、単なる事故として処理され、謎を残したまま捜査は打ち切られた。

山本氏はこの事件を題材にしてスパイの手口を講義し、盗聴器の扱い方や事件の写真などを見せて理解を深めさせた。さらに初歩的な暗号文の作り方、その解読の方法、乱数表の使用法についても手ほどきをした。

この日の講義は目黒区内のある旅館で行われたのだが、先生は事前に講義内容を多少知っていたためか、よほど心待ちにしていたらしく、時間ピッタリに会合場所に現われた。いでたちは、GIカットにサングラス、ポロシャツといったものであった。そして、遅刻してきた早大生を珍しく、しかりつけたのである。

講義中、スパイの死体の写真が示されると、先生はしばらく見入っていたが、迷宮入りになったことを知ると語気を荒げて言った。

「どうしてこんな重要なことが放置されるんだ！」

時間が過ぎ、休憩に入ろうとすると、

「休憩などいりません。先を続けましょう」

山本氏の一言一言を聞き逃すまいと、先生は真剣そのものだった。

解散後、先生は我々を誘って近くの喫茶店に入った。昂ぶった気持ちを抑えきれずせき込んで語り続けた。いつもの態度からすれば、珍しいことである。

そのとき山本氏は部下を使って一つの罠を仕掛けていた。喫茶店でのやりとりはその部下によって録音され、小型カメラに収められた。

翌日の講義がはじまり、テープレコーダーから自分の声が流れ、喫茶店の薄闇に浮かびあがった写真を見せられると先生は、

「うッ！」

と唸ったきり、絶句した。

山本氏が言った。

「どこでも気を許してはいけませんよ」

（五月二八日）――この日の講義は潜入とレポ、すなわち連絡の技法であった。

情報を得るべき目標の地域の特性を把握し、そののち、その地域へ潜入しなければならない。目立ってはならない。そこで、その地域の特性に合わせた偽装が必要となる。たとえば学生街なら学生風、官庁街ならサラリーマン風、ドヤ街なら労務者風、さらに季節に合わせその時々の格好を作る。偽装は姿だけではない。心の偽装も必要なのである。たと

えば学生に変装したならば、どこの学校へ行き、何を専攻しているかはもちろん、家族などの身上も把握しておかねばならない。そうでないと、突然「お父さんは何をされていますか」と聞かれても、咄嗟に返事ができないからである。そのとき先生が「芝居の心と同じですな」と言ったが、的を射た表現といえよう。

慰霊祭で元楯の会会員らを労う山本舜勝氏

　午後からは、はじめて外での実習が命じられた。我々は普段の訓練より、ずっと慎重を期さなければならなかった。先生はマスコミの寵児であり、常に動静が注目されていた。もし、先生が自衛隊と「不穏な動き」をしたことが知れ、マスコミの餌食にでもなろうものなら、自衛隊と「楯の会」は非難され、テレビカメラに追い回されるだろう。

「これから街頭での訓練もはじめますが、マスコミにバレるようなことがあったら、私たち自衛隊の協力はすべて終わりですよ」

これが両者の語らずして、気持ちを分かり合う「黙約」の原点となった。

この黙約は、終始固く守られた。


（五月二九日）――この日、山本氏が指定した場所に、我々は集合した。するとそこに、なんと先生は、コールマン風の口ひげをつけて現われた。

「その姿で成功しましたか？」

山本氏が思わず尋ねた。

「それが……総武線に乗ってきたんですが、学生風の男に『三島さんですか？』と聞かれてしまいましてね。ごまかしはしましたが、なんとも……」

先生はひどくがっかりした様子だった。

やがて我々は最初の街頭訓練に出かけた。まず六本木に行き「レポ」を開始する。六本木には当時防衛庁があり、その動向を探ろうと、各国の大使館員や諜報員がたむろしている。裏通りには、その怪しげな連中が利用する料理店や麻雀荘が点在していて、訓練には格好の場所であった。

さらに赤坂、乃木坂で訓練、四谷に集合した。交差点にある「六三四堂」という書店で、我々はある男に接触した。男は山本氏が用意しておいた自衛隊員だった。我々は接触を終えると次々に集合場所に戻った。

つけひげのうえにサングラスまでかけて変装していた先生は、なかなか任務を与えない山本氏に苛立ち、

「なぜ私だけ訓練をしてくれないんですか！」

と詰め寄った。

山本氏はためらっていたのだが、この一言で決断し、先生に指示を与えた。先生は勇んで書店に入っていった。

（五月三〇日）——山本氏は折から成田闘争が激しさを増していたため、「地域研究」のテーマを千葉と茨城にして講義した。情報戦における地域研究は主眼を住民に置くことを説明、両県の県民性や住民の性格を分析した。

山本氏が「茨城人は理屈っぽい、忘れっぽい、飽きっぽい」と説明し終えると、先生が学生長の持丸氏を指して高笑した。

「それは、君の性格にまったくそっくりじゃないか」

持丸氏は、今分析したばかりの茨城出身だった。彼は苦笑いして頭を掻き、たちまち全員が爆笑の渦に巻き込まれた。

講義後、山本氏は我々に市ヶ谷の自衛隊東部方面総監部内に入るよう命じた。

東京が混乱に陥ったとき、行動をともにするかもしれない自衛隊の内部を見させる意味もあったのだろう。山本氏は、あらかじめ総監部に連絡を入れた。もし会員たちの行動が不審なものとして騒ぎになったら抑えてもらうためである。

しかし会員たちは無事次々に帰還し、何の問題も起きなかった。我々の行動はあっけらかんとしていて、かえって不審者には見えなかったらしい。なかには司令官室に入り込み、ノドが渇いたからとコーヒーをごちそうになった猛者《もさ》もいて、先生も苦笑していた。

その夜の反省会の席上、先生は我々に次のような訓示をした。

「このような訓練に、一市民として参加する機会が与えられ、日本の国防の基本精神といったものを、実際にこの目で見ることができ安心した。虚々実々、追いつ追われつの攻防戦は、終生忘れられない思い出になるだろう。

我々はヘマばかりやって、指導してくれた教官たちは相手にとって不足と思われたであろうが、国を思う一念と熱情で触れ合ったもので、この喜びはたとえようもない」

（六月初旬）――この日、市街地で山本氏率いる自衛隊員と「楯の会」チームによる対抗演習が試みられた。

その日は土曜日であった。山本氏はまず、先生のチームを新宿駅構内の売店脇に送り込んだ。そこである人物の写真と特徴を書いたメモを渡し、その男を張り込み尾行せよ、と指示した。

午前八時三〇分、先生ら四人のチームは「男を発見し追跡をはじめた」と山本氏に報告してきた。すでに、隊員と会員たちは都内各所で対抗訓練をはじめていた。山本氏は「指令センター」としてビルの一室を借りそこで待機していたが、昼過ぎ、演習の変更を決め、全員山谷へ集結するよう指示した。演習がスムーズに進行したので、より高度な段階に移行することにしたのだ。都内に散らばっていた会員や隊員たちは、それぞれの連絡手段により任務の変更を知り、山谷での演習に備えた。

午後六時、先生が赤坂の弁慶橋に姿を現わした。登山帽、下駄ばき、それにヨレヨレのジャンパーを着て、まさに労働者といった変装をしていた。これがノーベル賞候補作家とはまったく誰にも想像できないほどの念の入れようだった。

先生は、このときもメーキャップのプロたちを待機させていて、目的地が山谷であるとの指令を受けるや即座に顔から服装まで労務者風に仕立ててしまったのだ。

先生は山谷への移動に地下鉄を利用した。そして南千住駅で降りて集合予定地の玉姫公園に向かったが、途中、酔っぱらった労働者といった演技を繰り返した。地下鉄のなかでは、空いた席に座ると大声で会員を呼んだ。

「おおッ。ここ空いてるぞ！　こっちへ座れ」

この振る舞いに、近くに座っていた乗客は怖がり席を立ってしまった。

すべてが終了したのは午後一〇時だった。一日中、誰にも知られてはならない緊張した訓練を続けた会員たちは、さすがに疲れ切っていた。山谷から浅草に向かい、回向院の隣にある養老乃瀧の二階で、遅い食事をとった。

「こんなにすごい経験ははじめてだ。感動した！」

先生は酒をあおりながら何度もこう言った。そして、酔った。

無法地帯と化す

この頃、国内情勢は騒然の度をますます加えていた。各大学に組織された全共闘は大学内におけるヘゲモニーを握り、大学改革を唱えてバリケードを築き、やがてその波は高校にまで及んで、ベトナム反戦運動もそれとともに高潮し、権力に直接対峙する社会変革へと運動の質を変えつつあった。そして、この運動の主導権を握った新左翼各派が昭和四三年の最大の目標に設定した一〇・二一国際反戦デーが、目前に迫りつつあった。

大学はすでに全共闘の拠点と化し、社会党系の反戦青年委員会も次第に社会党の指導を離れ、この全共闘運動と呼応するなど、東京をはじめ全国各都市での各派の街頭闘争は、一大反政府運動として暴動化しはじめたかの如く見えた。

先生は「楯の会」の指導をも自衛隊員たちと一体となってこのなかでこそ行うべきだと考え、山本氏と訓練展開の方策を練った。

こうして一〇月二一日を迎えた。

我々は未明から行動を開始した。都心の要所に数カ所の行動拠点が設置され、新潮社の臨時記者になった先生には自衛隊員が護衛についた。

前日一〇月二〇日より、都内の各拠点に結集した全共闘、新左翼各派、反戦青年委員会などの学生労働者の部隊は、二一日早朝から、各セクト別に行動を開始した。そして午後からも都内各地点に分散して激しい闘争を繰り広げた。このため、都内の山手線をはじめとする電車はほとんど運転停止の状態に追い込まれ、首都東京は、まさに革命前夜の騒擾状況を呈するに至った。

夜に入り、闘争部隊は続々と新宿駅周辺に集結しはじめ、数万の野次馬とともに、この地域一帯を制圧したかに見えた。群衆のなかに潜り込んだゲリラたちは人混みのなかから投石を繰り返し、それはやがて群衆にも波及し、群衆と警備にあたった警視庁機動隊との間には殺気が漲った。

さらに新宿駅構内に突入した部隊からは火炎ビンが飛び交い、ついに構内は凄まじい炎に包まれて火の海と化した。この部隊と呼応した他の部隊は、線路伝いに高田馬場や渋谷方面にも遊動し、闘争の激しさはますます燃えさかった。

この状況のなか警察当局は、ついに深夜に至って騒乱罪を適用し、ガス弾、放水などの強硬手段をとり、根こそぎ逮捕の策に出て鎮圧に努めた。

この日の闘争形態は、同時多発闘争と呼ばれたように、国会周辺、六本木の防衛庁前、神田お茶の水の学生街、麹町警察署前、銀座地区など多数の場所において同時的に闘争が展開され、それが最終的に新宿駅周辺に集約されたのであって、このゲリラ方式に警視庁機動隊も力を分散され、鎮圧に手まどることとなった。無論、この日に備え、警備当局は関東周辺の各県警から警備陣を首都に集中させており、自衛隊もまた、ひそかにその後方支援の態勢をとってはいた。

失望の国際反戦デー

この日、東京では四五〇名、全国では九一三名という史上最高の逮捕者を出すに至った。我々も、この激しい闘争の渦中にあった。山本氏は「楯の会」会員を東京の各地点に展開させて、実際にその目で状況を把握するように命じた。

白昼、先生は、同行の自衛官とともにお茶の水駅前にある東京医科歯科大学の構内にいた。機動隊との白兵戦を演ずる学生部隊は、この付近や明治大学前などにバリケードを築いて激しい抵抗を繰り返した。火炎ビンが飛び、黒煙を吹きあげる。ガス弾の催涙ガスによって目を真っ赤に充血させながら、先生はそのなかで身じろぎもしなかった。

催涙ガスを浴び目を洗う先生

状況を見終えたのち、我々は銀座方面に移動した。普段は華やかな装いのこの街も、群衆を巻き込んだ闘争部隊と機動隊の一進一退の激闘のなかで、凄まじい惨状であった。先生は突然、銀座四丁目の交番の屋根によじ登った。飛び交う石の雨をものともせず、市街戦を見つめ続けた。

昼を過ぎた頃、我々の行動を把握するために、山本氏はあらかじめ設けておいた行動拠点のうち、赤坂に設営した拠点にいったん引きあげさせた。そしてやや遅めの昼食をとった。

そのとき、山本氏は先生の興奮状態を抑えるため、用意していたウイスキーを先生に勧めた。

「どうです、一杯。落ち着きますよ」

「えっ、なんですか！　この事態に酒とは！」

先生は憤然と一言吐き捨て、席を立ってしまった。

やがて夜の一一時を過ぎた頃、事態は急速に収拾に向かった。山本氏は我々会員にも解散を命じた。自衛隊出動を願う先生にとっては失望の夜となった。

自衛隊・楯の会の絆

昭和四四年に入っても自衛隊の「楯の会」への訓練は引き続き強化され、新入の会員たちも日増しに逞しく育っていった。

二月一九日から二三日の間、山本氏は自身が副校長を務める調査学校の教官を編成して、板橋区の松月寺において特別訓練の合宿を敢行した。参加したのは先生を含めた「楯の会」二八名であった。

折からの厳寒のさなか、暖房のない吹きさらしの寺の本堂に、会員たちは持参の寝袋にくるまって寝るという厳しいものだった。

訓練はグループ単位で行われ、先生もその一員として行動した。山本氏は教官団を率いて、学生たちの教育にあたった。

山本氏は我々に調査学校の内務規定を厳守するよう指示し、自炊生活、禁酒禁煙、節水節電、整理整頓、外部との連絡禁止などが徹底された。

それは我々がはじめて体験する世界であった。先生にとっても、つらい合宿であったに違いない。文壇の寵児であり、多くの仕事を抱えていたにもかかわらず、ついに一度も訓練以外に外出することはなく、どこへも連絡を行わなかった。眠る部屋だけは、我々から離れて教官室にとったが、深夜まで小さな座り机に向かって白い息を吐き、かじかむ手をこすりながら執筆を続けていた。

先生は五日間、夜の一時まで原稿を書き、朝六時に起床するという生活を続けた。訓練は朝八時の体操にはじまり、次いで朝食をとる。食事は缶詰だけの貧しいものだった。講義は日が暮れるまで続けられ、夕食後は反省会。それからグループに分かれて近くの銭湯に行く。すべて集団行動で、私的な行動は一切許されない。

訓練の三日目、講義が長引いたため、昼食のシチューが煮詰まってしまった。

しかし先生は、

「これはうまい。すごくうまい！　帝国ホテルのシチューより上だぞ！」

と、うまそうにドロドロになってしまったシチューを真っ先に平らげた。鯖の缶詰ばかり食べさせられ、全員が食傷気味になっていた。煮詰まったシチューも、我々にとってはごちそうだったのだ。

講義は主に「都市遊撃の研究」について行われ、その実習として第一師団朝霞基地への「潜入」訓練が繰り返された。畳に座りっぱなしの一日八時間の講義と、危険をともなった訓練が無事終了したとき、教官たちと会員たちは互いに絆を感じ合った。

合宿最終日の夜、二級酒やウイスキーの安酒を並べただけのささやかな宴になった。厳しかった訓練への反動からか、新しい世界を開かれた興奮からか、誰もがよく飲み、よく論じた。感極まって泣き出す会員も二、三には止まらなかった。

教官たちは歌を歌い、先生も二曲ほど歌った。

九人の決死隊

合宿は成功のうちに終わったが、この合宿から「楯の会」に、ある変化が現れはじめた。

「九人の者に日本刀を渡すつもりだ」

この言葉を私は合宿中に聞いている。先生は会員の選別をはじめているようだった。

この一週間後、三月一日から二九日まで、「楯の会」第三期生の体験入隊が富士の滝ヶ原駐屯地でなされた。

そして同月、全共闘への宣戦布告ともとれる先生の論文『反革命宣言』が発表され、大きな反響を呼んだ。

四月に入ると、大学闘争は一層激しさを増し、バリケードによって封鎖される大学もさらに増えていった。新左翼陣営は、折から日程に上っていた沖縄返還に焦点を合わせ、四月二八日の「沖縄反戦デー」に向けて大衆の大動員を図った。一方では、ベトナムをめぐる極東情勢は一段と緊張し、アメリカ第七艦隊が日本海に進出し、集結するという事態が発生していた。

四月二八日は休日であったが、山本氏は、都内の混乱が予想される地域に情報収集のための自衛隊員を配置し、その情報整理にあたるべく目黒区内の自宅で待機していた。テレビは朝から緊迫した街の状況を伝え、隊員たちのもたらす情報もただならぬ気配に充ちていた。

昼過ぎ、先生が何の前触れもなく山本宅を訪れた。

「こんなときに何をのんびりしているんですか！　さあ、出かけましょう」

いつも先生が愛用している黒塗りのハイヤーは、家の前の細い道から少し離れた橋の上に停められていた。

車は急いで赤坂に出て、そこから国会周辺を回る。まだ平穏であった。しかし青山通りへ出ると、そこではすでに渋谷方面へ向かう学生群が、激しい渦巻きデモで機動隊と対峙していた。

警官が付近一帯に交通規制を敷いたため、青山通りにはあまり車が入り込んでいなかったが、先生はなじみの運転手に命じて車をデモ隊に並行して走らせた。デモ隊の蛇行が激しくなるにつれて、恐れをなした車は一台、二台と姿を消していき、ついには先生たちの車だけが取り残され、神宮外苑への入口付近ではとうとう渦巻きデモに取り巻かれ、閉じ込められるハメになった。

動くことができなくなった車のなかから、二人はデモ隊の様子をうかがっていた。もし学生たちが車中の三島由紀夫を発見して、何かのはずみに車を転覆させ、火を放つことにでもなったら、山本氏は一人で彼らに立ち向かわなければならない。多数の前ではひとたまりもないとしても、最後まで行動をともにする決意を固めていたという。

しかしそれは、つかの間の緊張であった。白昼の青山通りには、殺気立った気配はあまり感じられず、学生群は車に暴行を加えることなく、渦巻きデモを繰り返しながら渋谷方面へ去っていった。車はやっと脱出できた。

漆黒の「奈落」

車は迂回していったん渋谷へ出て、様子を見てから再び反転して皇居方面へ向かった。

先生は、「ついでに『楯の会』のパレード会場に予定している国立劇場の屋上を見ておいてほしい」と切り出した。

「今日は、今度公演する私の『椿説弓張月《ちんせつゆみはりづき》』の舞台稽古をしているので、ちょうどいい機会なんです」
実は先生にとっては、こちらの方が目的だったのだろう。
山本氏は、またも先生の用意周到な手際のよさを見せられた思いであったという。

稽古をつける先生

人気のない広い国立劇場は、豪華な装いとは裏腹の寒々しさを湛えていた。がらんとした客席の中央に一人女性が座って舞台を見つめている。舞台の上には大きな船を模した装置が据えられ、武将姿の役者が仁王立ちになって稽古を繰り返していた。女性は三島夫人、役者は当時の松本幸四郎であった。

先生の案内で山本氏は夫人の隣に席を占め、挨拶を交わしてから舞台に見入った。先生はすぐに舞台にあがり、幸四郎扮する源《みなもとの》為朝《ためとも》に演技をつけはじめた。

「三島さんはなぜこんなところを見せようとするのか。隠された意図は何なのか」

舞台にじっと視線を据えながら、山本氏は考え続けたという。

芝居の演出には一つの段取りの間違いも許されない。演出プランに従い、細部にわたって計算し尽くしておかなければならない。そのうえ役者の才能を引き出し、舞台を全体として作りあげていく。その過程は軍事行動とまったく変わらないのではないか。その過程を見せることによって、山本氏にそのことを理解させようとしたのかもしれない。

稽古が一段落すると、先生は山本氏を舞台の上に呼び、装置などについていろいろと説明をした。それから夫人と三人でロビーに出た。ロビーで「楯の会」一周年記念式典について話しはじめたとき、急に思いついたように先生は言った。

「そうだ、ちょっと奈落を見てから屋上に出てみましょう」

夫人と別れて、二人はエレベーターに乗った。

「奈落に行くにはこのエレベーターを使うしかありません。奈落は、私の信頼する者が管理しています。いつでもお使いください」

山本氏はようやく、真意を理解した。国立劇場は、皇居とは指呼の間にある。何か非常事態が皇居で起こった場合、ここは絶好の拠点となり得る。先生はその準備を進めていたのだ。

奈落の構造を見極め、管理している国立劇場の織田紘二《おりたこうじ》氏に挨拶をして、屋上に出ると皇居は目前にあった。屋上は思ったより広く、パレードもできそうだった。「これは格好のヘリポートだな」と山本氏は思った。

日が暮れかけ、二人は劇場を出て、裏の坂道を赤坂のほうへ歩いた。「行きつけの寿司屋がすぐそこにあるから」と山本氏を誘い、刺身をつまみながら酒を飲んだ。

第三章　舞台の河

源為朝への執心

昭和四四年一一月、国立劇場三周年記念公演として、三島歌舞伎第六作「椿説弓張月」が上演された。先生は同劇場の理事でもあった。先生にとっては最後の作品（もちろん我々には分からなかったが）、しかも「為朝の清澄高邁な性格は私の理想の姿であり、力を入れて書いた」（「国立劇場プログラム」）こともあって、かなり張り切っておられた。ところがいざ演出という段になって先生に思いもよらぬ壁が立ちはだかる。以下は先生の助手だった織田紘二氏の回想である（『三島由紀夫の総合研究』平成三〇年第四四号より）。

「一番の問題は思い通りの配役がなかなかできないということでした。

昭和三〇年代、松竹には永山武臣さん（社長、三島の学習院初等科以来の友人）がいらっしゃいましたし、中村歌右衛門さんの発言力が非常に強かった。ですから、歌右衛門さんの『こういう配役でどう』という助言や、トップの永山さんの意向というものが松竹でも歌舞伎座でも周知徹底できた時代でした。

ところが『椿説弓張月』では、国立劇場で思ったような配役ができないということが、三島さんにとってはショックだったようです。

そのときにいろいろな案が出ました。いろんな名が出て、染五郎もだめか、またこれもだめか、それもだめか、という紆余曲折がありました。そのプロセスにおいて、とにかく三島さんはどんどん冷めていきました。意気込みがしぼんでいく、そういう感じがしました」

先生は主役の源為朝役に、当時二七歳の市川染五郎（現白鸚）の起用を熱望していた。彼は高麗屋の芸を継承する一方で、現代劇やミュージカルでの活躍が目覚ましく、海外ではニューヨークで「ラ・マンチャの男」を、ロンドンでは「王様と私」の主役を英語で演じるなどしている。このような彼のパンチの効いた演技力に先生は惚れ込んでいたのだろう。

ところが降って湧いたように、同じ一一月に歌舞伎座で市川海老蔵の襲名披露公演が行われることになり、染五郎ら歌舞伎座すなわち松竹所属の主な役者は、披露公演への出演が決まってしまった。代わって東宝所属だった染五郎の父の幸四郎が為朝を演じることになったが、幸四郎はそのときすでに六〇歳、青年為朝を描きたかった先生にとって彼の演技は、必ずしも満足のいくものではなかったようだ。

高所恐怖症

織田氏の回想を続ける。

「もう一つは、松本幸四郎という人が、我々も知らなかったのですが、高所恐怖症であったということです。そのため、源為朝を演じる幸四郎さんが宙乗りができないというのです。

『弓張月』では、人が乗れる大きさの白馬を作りました。為朝を乗せたその白馬が花道スッポンを迫り上がって、そのまま天を翔けるというのが最初の演出案です。それで、小道具の皆さんが苦労して馬をこしらえました。実際の舞台で幸四郎さんが白馬に乗るわけですから、それ相応の大きさでなければならない。そして、その大きさで作れば、どうしても重くなります。

当時の技術では、危ないことはたしかに危なかった。しかし、高所恐怖症で宙乗りができないということ、これはどうにもしようがないことでありました」

先生はやむなく宙乗りをあきらめ、為朝と白馬とが一体となって花道の上を駆け抜けるよう、演出をし直すことになったという。

回想を続ける。

「ご存知のように、昭和四四年一一月三日に楯の会の一周年パレードが国立劇場の屋上で行われました。パレードに屋上を使うということは全く知りませんでした。ただ、屋上を見せてくれと言われて、案内したことはあります。

その日（一一月三日）も、三島さんは、舞台稽古をやっている最中に、屋上に行ってしまいました。我々に『よろしく』と言って出て行ってしまったのです。（略）

あるとき稽古が終わって、たまさか一緒に外に出るときに、『君、毎月こんなことやってるのかね』と言うんです。『ええ、そうです。これが仕事ですから』と答えると、『いやー』と言ってとても驚かれ、『俺なんか稽古に入ってから、寝酒の量が増え、物書きになってからはじめて一字も書けないんだよ』と言って苦笑しておられました」

絢爛たる『椿説弓張月』

まもなく、三島由紀夫演出『椿説弓張月』の上演の日が来た。その日、つめかけた招待者たちは玄関前で開場を待った。

午後二時三〇分、国立劇場の大玄関は開かれた。先生と素晴らしく美しい正装の夫人は正面入口の脇に揃って立ち、着飾った来賓たちとにこやかに挨拶を交わしていた。私も、招待を受けた他の会員たちと連れ立って先生に頭を下げ、受付を通り、劇場の片隅から舞台を見上げた。

普段歌舞伎など縁のない私にも、大海原で暴風雨に翻弄される海上シーンや黒蝶が巨大な怪魚の背に乗って琉球に向かうシーンなどに先生の強い意気込みが感じられた。先生の準主役の白縫姫にはまだ一九歳だった坂東玉三郎が抜擢された。先生が「その存在自体が奇跡だ」と絶賛しただけあって、実に綺麗だった。ほっそりしているのに声の張りが大きくて驚いた記憶がある。白縫姫の見せ場は源為朝を裏切った武藤太《ぶとうだ》（歌舞伎界ではじめて映画俳優を起用）を雪の降りしきるなか裸にし、侍女たちが代わる代わる釘を打ち込むシーンである。打ち込まれるたびに絶叫する武藤太。近くの席から「すごい」という声が洩れてきた。クライマックスでは為朝を乗せた白馬が花道の底からせり上がって四国の高松に翔け、そこにある崇徳上皇の墓前で見事に腹を掻き切る……まさかこのシーンが一年後に再現されようとは誰一人として知る由もなかった。

外では、沖縄返還闘争が都内を混乱に陥れていた。中核派などに破壊活動防止法が適用され、逮捕者は九六五名にのぼった。

翌年に迫った第二次日米安全保障条約改定阻止を叫ぶ左翼戦線は、来るべき決戦に備えて着々と布石を打っているように見えた。この昭和四四年の秋を第一の決戦期と捉え、スケジュール闘争を組んでいたのである。

自衛隊による訓練も強化されていった。「楯の会」に対する指導は絶えることなく続けられたが、「楯の会」はそれとは別に、独自の訓練も行っていた。先生が主宰していた劇団、浪漫劇場の建物を拠点に展開されたその訓練に、先生と我々の生活時間の大半があてられるようになった。

先生は、ともに走るよう促しながら、自衛隊から離れた行動の場を築きつつあったのである。

第四章　行動の河

討論・三島由紀夫対東大全共闘

話は前後するが、訓練が休みなく続けられていたさなか、突然先生は東大全共闘から討論集会への招待を受けた。昭和四四年五月一三日、先生が指定された時間に東大駒場キャンパス九〇〇番教室に向かうとすでに、一〇〇〇人の学生たちが席を埋め尽くしていた。東大全共闘は他の著名人にも招待状を送りつけていたのだが、みな尻込みし、結局、受けて立ったのは先生だけだったという。

この年の一月、東大の安田講堂を不法占拠していた東大全共闘は大学側の要請を受けて出動した機動隊に対し、投石や火炎ビンで応戦するという事件を起こしていた。そんな危険な男たちが待ち受ける敵地に先生は警察からの警備の申し出も断わり、単身で乗り込んだのだ。

この日私は、集会の最前列に潜り込んでいた。もし先生が集団で暴行を受けるようなことになれば体を張ってでも渦中に飛び込むつもりだった。すでに会場は革命前夜の雰囲気に包まれていた。

以下に討論の一部を抜粋する。ただし一部に「＊」を振り、注を付けさせていただいた。

＊先生は登壇するや「自民党はあんたたちをきちがいだと言っているが（笑）、私はきちがいだとは思わない（笑）」と挨拶、討論がはじまった――

全共闘　まず最初に、なぜ三島由紀夫氏が文学者、小説家でいながら、現実に自己の肉体という問題を抱えていらっしゃるか。

三　島　私は体が初め弱かったものですから、それで文学をやっていた。私は文学というものは身体の弱いやつがやるものだということが堪えられなかった。堀辰雄さんなんかは非常にいい文学者ですけれども、一生微熱が出てた。だから文体にもいつも微熱が出たような（笑）軽い優雅な感じがしている。堀辰雄さんが旋盤工の話を書こうと思ったって書けるわけがない。堀辰雄さんがプロレスリングの話を書こうと思っても書けない（笑）。小説家は森羅万象に関係があるべきで、テレンティウス（＊「人間に関わることなら何でも関心がある」の名言で知られるローマの劇作家）じゃないが、人間性のあらゆるものが自分には関心があるはずだ、そのためには何かそれを理解し、接触する方法があるのじゃなかろうか、それが私が肉体というものに疑問を持った動機であります。

肉体の外に人間は出られないということを精神は一度でも自覚したことがあるだろうか、

これは私がいつも考えてきたことであります。なぜなら、われわれは自分の肉体の外へ一ミリも出られない。こんな不合理なことがあるだろうか。私どもの肉体から外へ出てくるものは、欠伸だとか咳だとか唾だとか排泄物だとか、要らなくなったものばかりが出てくる。そして私自身の存在というものは、自分の肉体の皮膚の外へたった一ミリも自我を拡張することができない。その閉ざされた肉体の中で精神の自我だけが無限に異常に、ガン細胞のように増殖して拡がっていく。そしていわゆる文学者というものは、そういう肉体を無視した精神の増殖作用に一生の仕事をかけて、自分があたかも精神によって世界を包括し、支配したような錯覚に陥っている。これはどういうことだろう。私は何とかしてその肉体を拡張してみようと思った。それからそれをやってみましたところが、肉体というものがある意味で精神に比べて非常に保守的、そして精神というものは幾らでも尖鋭に、進歩的になり得るのだけれども、肉体というものは鍛えれば鍛えるほど、動物的な自己保存の本能によって動いている。それがぼくの肉体というものに対するおもしろい発見でありました。

全共闘　三島がね、今『英霊の声』以来、天皇についていろいろ書いているし、感情を書き散らしていると。しかし、ぼくが思うのに、今天皇がいないからこそ三島はああいうことを書いているのであって、今天皇がいたら、ああいうことを書くはずがない。つまり非現存であるからこそ、三島に言わせれば、至高としての、同時に至禁としての美が存在すると。そうではないかと思うのです。それなのに、なぜ三島が、いわば自衛隊に一日入隊なんかして、あるいは変な右翼のまねごとなんかするのか。三島が美を追う物書きであれば、美は美の中で完結するのだから、変な甘っちょろい、ぐだぐだした行動なんかしないで、そこにとじこもっておればいいのであって、三島がその美の中にとじこもらないで、行動に出てくる時、その天皇としての美が、実は共同幻想として、共同規範として、非常にみっともないものになってしまうと。その辺に三島の欠点があるのではないかとぼくは思うわけです。

三　島　たとえば安田講堂で全共闘の諸君がたてこもった時に、天皇という言葉を一言彼等が言えば、私は喜んで一緒にとじこもったであろうし、喜んで一緒にやったと思う（笑）。これは私はふざけて言っているんじゃない。常々言っていることである。なぜなら、終戦前の昭和初年における天皇親政というものと、現在言われている直接民主主義というものにはほとんど政治概念上の区別がないのです。これは非常に空疎な政治概念だが、その中には一つの共通要素がある。その共通要素は何かというと、国民の意思が中間的な権力構造の媒介物を経ないで国家意思と直結するということを夢見ている。この夢見ていることは一度もかなえられなかったから、戦前のクーデターはみな失敗した。しかしながら、これには天皇という二字が戦前ついていた。それが今はつかないのは、つけてもしようがないと諸君は思っているだけで、これがついて、日本の底辺の民衆にどういう影響を与えるかということを一度でも考えたことがあるか。これは、本当に諸君が心の底から考えれば、くっついてこなければならぬと私は信じている。それがくっついた時には、成功しないものも成功するかもしれないのだ。私が今、天皇、天皇と言うのは、今まさに洞察されたように、今の天皇は非常に私の考える天皇ではいらっしゃらない（笑）からこそ言える。そして、私の考える天皇にしたいからこそ私は言っているのであって、これは確かにおっしゃるとおりである。

全共闘　朕はたらふく喰っているいるぞ。御名御璽……。

三　島　朕はたらふく喰っているというのはだね、それは共産党の、諸君の嫌いな民青なんかの考えそうな、非常に下劣な文章である。ところが、天皇というものはそれほど堂々たるブルジョアではないんだ。もし天皇がたらふく喰っているような堂々たるブルジョアであったら、革命というものはもっと容易であった。それでないからこそ、革命はむずかしいんじゃないか。そして、そのむずかしさの中でだね、諸君は戦い、ぼくだって戦っているんだ。それは日本の民衆の底辺にあるものなんだよ。それを天皇と呼んでいいかどうかわからない。たまたまぼくは天皇という名前をそこに与えるわけだ。それをキャッチしなければ諸君も成功しないし、ぼくも成功しない。諸君にとっては、ぼくの行動は全くみっともない、自衛隊なんか入って、何かミリタリー・ルックきたりなんかして、みっともないと言うだろうが、私に言わせれば、（＊全共闘が）あんな覆面かぶって、大掃除の手伝いみたいなのもみっともない（笑）。これは私に言わせればそうなんであって、行動の無効性ということについちゃあ、五十歩百歩だと私は今のところ信じている。何とかしてこれを有効性に持っていく時は殺し合う時だ。今殺し合う時期であれば、お互いに殺し合う。しかし、そこまでいかなければ、最後の話がつかないんじゃないかということを私は言いたいのです。

全共闘　ぼくは三島氏の作品なんておもしろいと思って読んだことないけれど、たとえば、天皇のことについて少し聞きたいのですけれども。

三　島　実はね、この天皇の問題、少し長くなりますよ。いいですか。私は今の陛下についても、ほんとうは後宮をお持ちになった方がいいと思っている（笑）。それで、大体私の天皇観というのはいわゆる右翼の儒教的天皇観と全然違うのですよ。古事記をよく読まれるとわかると思うのですが、古事記の下巻が仁徳天皇（＊第一六代天皇）から始まっている。これは何を意味するかというと、仁徳天皇から儒教的天皇像というものが、確立されちゃったわけです。そして「民のかまどはにぎわいにけり」というような感じの天皇像が確立しちゃった。それがずっと教育勅語まで糸をひいているわけですな。私は教育勅語におけるあの徳目を一番とにかく裏切っているのは古事記における天皇だと思うのですよ。「父母に孝に兄弟に友に」と書いてあるけれども、古事記の天皇というのは兄弟が平気で殺し合うし、父母をちっとも尊敬してない。それから不道徳のかぎりを尽くされている天皇もあるわけだ。ところが古事記では一番私の見るところで重要なのは中間にある日本武尊の神話だと思っている。古事記の中であの日本武尊だけが、皇太子であるにもかかわらず天皇と同じ敬称で呼ばれている。これは天皇自身も自分の皇子のことを人神だと呼んでおられる。これはどういうことを意味するかといいますと、日本武尊のお父さんの景行天皇がある時に田舎へ行かれて、非常な美女を見染められた。これを宮廷へつれてこようと思って日本武尊のお兄さんにあの女をつれて参れとこうおっしゃった。ところがお兄さんが途中でその女をやっちゃって自分のメカケにし、隠れちゃった。そして天皇のところへは別の女をつれて行ってこれでございますと言ったので、景行天皇はムッとされたけれども何も言われないでそのままに放置され、その女には冷たくされた。そして弟の小碓命《おうすのみこと》すなわち日本武尊はかねがね兄さんのやり方はひどいものだと思っていた。ある時朝ごはんにお兄さんの大碓命《おおうすのみこと》が出てこないので、天皇が、「どうして朝ごはんに出てこないのか、おまえ行って見てこい」と日本武尊に言うのですね。そうすると日本武尊がはばかりに入っている兄さんをいきなりとっつかまえて八つざきにして殺してしまう、こういうような話が出てきて、天皇はこれについて非常におそれおののいて日本武尊をよその土地へ征伐に出してしまう。非常に危険な征服の戦争です。そうするとやっと戦功をたてて帰ってくるとまたあぶないところに出してしまう。それで、日本武尊が伊勢神宮に行って叔母さんの倭比売《やまとひめ》に天皇は私に死ねとおっしゃるのじゃなかろうかと言って泣いて嘆くところが出てきます。これを私は古事記の中で非常に重要な箇所だと思うのは、あそこでいわゆる統治的天皇と神としての天皇とが分かれてしまったのだ。神人分離ということがあそこで起こったのじゃないかと思われる。私の言う天皇というのはその統治的な人間天皇のことを言っているのじゃないのだ。人間天皇というのは統治的天皇ですから儒教的原理にしばられて、それこそ明治維新以後あるいはキリスト教にもしばられたでしょう。一夫一婦制を守られて国民の道徳の規範となっておられる。これは非常に人間として不自然だ。私は陛下が万葉集時代の陛下のような自由なフリー・セックスの陛下であってほしいと思っている。それが私の天皇像で、これがそのまま生かされるかどうかわかりませんが、私が人間天皇という時には統治的天皇、権力形態としての天皇を意味しているわけです。だから私は天皇というものに昔の神ながらの天皇というものの一つの流れをもう一度再現したいと思っているわけです。

全共闘　今のヤマトタケルの話に戻れば、ヤマトタケルがいわばカリスマとして死んだ以後、民衆はヤマトタケルが白鳥になったという形で幻想をつくっていった。そういうふうに見なければならないと思うわけです。すなわち、三島……じゃなくてヤマトタケルは(笑)、現実の天皇を支えていた関係性に破れ、殺されることによって、自らを観念として、つまり「白鳥」に象徴される観念性として、超越したと。それを支えるものとして民衆の幻想形態があったんではないかと思います。で、そのような観念性として超越するところの天皇と、それは同時に民衆の中に集約された幻想として、ぼくらは持っているわけなんですけど、それと現実の天皇、つまり皇居にいて皇后陛下といちゃいちゃやっているところの、今上陛下に代表される関係性を無媒介的にくっつけるところに三島氏の曖昧さ、欠陥がある、とさっきから言っているわけです。そのようにして考えていくならば、天皇とは現人神という形で表象されたところの、われわれいわば歴史はじまって以来、民衆がつくり出してきた関係性、疎外された関係性を超越する象徴であったわけだし、それはぼくらにとっては、今まさに国家にほかならないということ。三島氏は観念を模索するならば、同時にその観念は国家の観念としてどのように続いていくのか、これに答えてもらいたい。

三　島　今の人間天皇と幻想天皇との二重構造は、天皇というものはそういうものであるからだ。なぜなら、大正天皇は御病気だった、明治天皇は偉かった。何々天皇はどうだった。何とか天皇はどうだとか、というふうに、ほとんど天皇制というものは天皇個人のパーソナリティによって連続してきたものじゃない。それは天皇というものが一つの純粋持続であるし、天皇の個性は全然問題にしない。今の天皇は一部の人が考えるように非常に立派な方だ、今どきめずらしい素直な立派な方で、それだからこそ私はあの天皇は大好きで、あの天皇のためなら何でも尽くす、こういう考えを私は持っているわけじゃないのです。それは小泉信三とかオールド・リベラリストたちの天皇観です。私の天皇観というのは、さっきも申し上げたように、日本武尊が、つまり白鳥に化すると。そういう時に、つまり神のような天皇、神的な天皇というものが文化の領域に移されなければ危険であるという判断を景行天皇が下されたわけです。自分の息子というものを文化の、詩の英雄として完全に神話化しなければ危険である。そして自分は統治的天皇として、神話や伝説と違った世界で、生きていこう、こういうことを景行天皇は考えられたのじゃないかと忖度する。そして、私の言う天皇というものは人間天皇と、つまり統治的天皇と、文化的なそういう詩的、神話的天皇とが一つの人間でダブルイメージを持ち、二重構造を持って存在している、その現実の天皇お一人お一人のパーソナリティとは関係がないのだというところが私の核心で、これは天皇機関説を考えられればすぐわかることだと思うのです。いわゆる絶対天皇制というもののもとで、大正天皇が御病気であったということは外国ではたいへんなことなんです。それが自然にああいうふうに伝承されていったということが戦前ですからあったのですね。

全共闘　天皇が天皇として美しい、だから三島氏の言う人間天皇じゃない、天皇として美しいということは、それは天皇族、あれはまあ日本というものを普遍的に征服した、そこに美しさがある、それは征服者の美しさだと思うのですよ。権力の美しさ——ところが三島氏の作品における天皇というのはまるっきりの古代の天皇のことを言っているわけじゃない。天皇制の中での天皇であって、天皇制の中の天皇は何かと言うと、要するに取り巻き連中が利用している存在にしかすぎないわけですよ。三島氏が現代の天皇を扱う時、そこは醜い存在です。ぼくが醜いというのは現実に彼がじじいであるから醜いというわけじゃなくて、ああいうふうに擁立された天皇であるからです。自分で立ってないわけですよね。彼は革命なんて起こし得ないわけです。彼がどんなに女を抱きたいと思い、そういう世界に出たくても。だから、政治的概念なしに天皇は醜いではないか。

三　島　しかし、そういう革命的なことをできる天皇だってあり得るんですよ、今の天皇はそうでないけれども。天皇というものはそういうものを中に持っているものだということをぼくは度々書いているんだなあ。その点はあくまでも見解の相違だ。こんなことを言うと、あげ足をとられるから言いたくないのだけれども、ひとつ個人的な感想を聞いてください。というのはだね、ぼくらは戦争中に生まれた人間でね、こういうところに陛下が坐っておられて、三時間全然微動もしない姿を見ている。とにかく三時間、木像のごとく全然微動もしない、卒業式で。そういう天皇から私は時計をもらった（＊昭和一九年に学習院を首席で卒業し銀時計を拝受）。そういう個人的な恩顧があるんだな。こんなことを言いたくないよ、おれは（笑）。言いたくないけれどね、人間の個人的な歴史の中でそんなことがあるんだ。そしてそれがどうしてもおれの中で否定できないのだ。それはとてもご立派だった、その時の天皇は。それが今は敗戦でなかなかそういうところに戻られないけれどもね、ぼくの中でそういう原イメージがあることはある。今の人にそれを納得させることはなかなかむずかしいからね、天皇というより別な字を使って書けばいいじゃないか。日本語が、不自由しないでほかにあるじゃないか、という人もあろう。こんなことはぼくは実に個人的感懐で言うべきことじゃないかもしれないけれどもね。

全共闘　これで一応議事進行者の方から一言断わらせていただきます。二時五分から始まって現在四時半になっている。あとは三島さんの方から若干の感想を述べていただいて、それでこの集会を終わらせたいと思います。

全共闘　これは会場の諸君とは関係ないですけれども、ぼくから三島さんに呼びかけたいのですが、ぼくは「あなたに共闘していただきたい」と。さっきあなたは、もし諸君が天皇という言葉を口にしたならば、喜んでやるだろうとおっしゃった。ぼくは今「大和ことば研究会」というようなものをつくって、それの会長をやっている。そういうものに個人的興味がある。またぼくの祖父というのは一高の教授で、戦前古事記の権威であった。それで、そういった自分の祖先というようなことも含めて、古代の天皇制というのはぼくにとってはイメージでは祭であったと。その祭というのはよくわからないのだけれども、そういったところにぼくは全般的に興味があるわけです。それは天皇とは切り離し得ない。それでもぼくは今天皇という言葉を口にした。それでいて、なおかつぼくは今東大全共闘としてまだ活動続行中である。三島氏がさっき言ったことがほんとうとするならば、三島氏はぼくと共闘してくれてしかるべきだと思う。

三島　今の言葉は非常に感銘深く聞きました。既成概念の破壊ということについては、私も長いこと、多少とも文学者としてやってきたつもりでありますが、それがいつの間にか私自身既成概念の権化そのものと受け取られているうれしさ、何かあるうれしさじゃないが（笑）、そういう感じでずっとここに立っている。それで、今天皇ということを口にしただけで共闘すると言った。これは言霊というものの働きだと思うのですね。それでなければ、天皇ということを口にすることも穢らわしかったような人が、この二時間半のシンポジウムの間に、あれだけ大勢の人間がたとえ悪口にしろ、天皇なんて口から言ったはずがない。言葉は言葉を呼んで、翼をもってこの部屋の中を飛び廻ったんです。この言霊がどっかにどんなふうに残るか知りませんが、私がその言葉を、言霊をとにかくここに残して私は去っていきます。そして私は諸君の熱情は信じます。これだけは信じます。ほかのものは一切信じないとしても、これだけは信じるということはわかっていただきたい。

全共闘　それで共闘するんですか？　しないんですか？

三　島　今のは一つの詭弁的な誘いでありまして、非常に誘惑的になったけれども、私は共闘を拒否いたします（笑、拍手）。

討論会はマスコミでも話題となった。翌日の産経新聞は以下のような先生のコメントを載せている。

「全共闘の招きとあれば、敵にうしろは見せられませんからね。ほかの約束を断わって出席した。会場の入口に胸毛かなんか生やしたボクのマンガが描いてあり、〝東大動物園にいない近代ゴリラ〟だのと書いてあった。共感なんかしないが、全共闘って、なかなか個性的な集団だね」

それからわずか一カ月後、この討論の模様を収めた単行本が新潮社より刊行され、ベストセラーとなった。その印税は先生と全共闘で折半され、先生はこれで「楯の会」全員の夏服を新調した。

保利茂という人

山本氏によると、先生が突然、官房長官の保利茂に会おうと言い出したのもこの頃であった。

山本氏にとっては寝耳に水だったが、すでに日程も同席者も決められていた。場所は政治家がよく使う料亭の福田屋であり、自民党の領袖である福田赳夫も出席する予定だと、先生は付け加えたという。

自衛官が、非公式とはいえ閣僚に会うなどということは本来ありえないことであり、山本氏は乗り気ではなかった。

ノーベル賞に最も近かった先生に、自民党から東京都知事に立候補するよう、かねてから保利氏は熱心に勧めていたのだ。保利氏は佐賀県出身で、先生の『葉隠入門』を読んで以来、三島ファンを自任していた。

約束の夜、山本氏はホテル・ニューオータニのロビーで先生と落ち合った。そしてホテルのバーに入り、会合を仲介した伊沢甲子麿《きねまろ》氏に紹介された。伊沢氏は先生の友人で、いわば先生の相談役といった立場にあるようだった。二人はしばらくあれこれと話し合った。

福田氏が都合で不参となったことも語られた。そして山本氏は、先生が現在、政界において最も信頼している人物が、これから会う保利氏なのであろうと思った。

ややあって、二人は伊沢氏と別れ、歩いて福田屋へ向かった。

挨拶に出てきた店の男と顔馴染みらしい先生は、何事かを短く話しかけ奥の座敷に入った。

保利氏が姿を現わしたのは、小一時間近く過ぎてであった。

すぐ仲居らの手によって膳が運ばれてきた。年長の女が保利氏への挨拶を済ませ、盃に酒を満たした。保利氏もまた、皆に酒を勧めた。

山本氏は政府高官と会うのははじめてのことであり、息苦しい思いだった。

やがて山本氏は、治安情勢や防衛などへの持論を述べたが、さすがに突っ込んだ話は憚られ、意見のかけらも話せなかった。

保利氏は別に、何かを問うでもなく、ただ無反応に聞いていた。というよりは聞き流しているという感じだった。

先生も、その席で何かの主題を切り出しもせず、ありきたりの顔合わせの懇談は終わった。なぜこの席に招かれたのか。この会合は一体何であったのか。山本氏には最後まで分からなかったという。

それから一カ月が過ぎた。突然保利氏の秘書官から山本氏に、至急官邸に来るよう電話があった。山本氏は制服のまま官邸を訪れ、その一室で保利氏と会った。保利氏はいきなり、「最近の三島にただならぬものを感じた。貴官は何か知っているだろう」と言い、厳しい口調でその動静を質してきた。山本氏は何かを答えたはずだが、覚えていない。結局、保利氏の期待には添えなかった。

幻の東京都知事候補

昭和四六年の東京都知事選挙に先生を自民党から出馬させるという保利氏の構想は、佐藤栄作総理にも伝わっていたようだ。国民的人気を博していた先生は当時NHKが行っていた「最も男らしい男は？」というアンケートでは毎年圧倒的な得票で第一位に選ばれていた。だが佐藤氏は先生の国粋主義的思想は自民党の政策と根本的に相容れないのではないかと考え、保利氏を通じて先生に政治スタンス、なかんずく国防に関する意見を求めた。そこで日頃からの考えをテープに録音し、それが、内閣印のあるB5判二四枚の用紙にタイプ印刷されて意見書となった。それは総理が目を通したあと、コピーされ、閣僚会議に提出される手筈になっていたが、意見書を自分への批判と曲解した中曽根康弘防衛庁長官が保利氏に反対論を述べ、会議に出すことを阻止したものであり、コピーのほとんどは焼却されてしまっている。事件後、保利氏が「意見書が総理に届けられたのは事実」（昭和五三年六月二四日付け朝日新聞）と答えたのに対し、中曽根氏は、「知らない、すべては三島の幻想」と否定している。

この論文は先生の国防に関する考えを知る上で不可欠の資料である。よってここに意見書を掲げて、読者の理解に供することとする（長文のため要約させていただいた）。

『武士道と軍国主義』――

〈第一に戦後の国際戦略の中心にあるものは核であると規定する。核のおかげで世界大戦が回避されているが、同時に、核は総力戦態勢をとることをどの国家にも許さなくなった。総力戦は、ただちに核戦争を誘発するからである。従って、第二次大戦後の戦争は、米ソ二大核戦力の周辺地域で、限定戦争という形態をとって行われるようになった。

限定戦争の最大の欠点は、国論の分裂をきたすという事である。総力戦の場合、国民の愛国心の昂揚が、必然的に祖国のために戦う気分を創り出す。しかし限定戦争の場合には、それが曖昧であるため、反対勢力は互角の戦いを国家権力に対して挑むことができる。従って、限定戦争のある国では、平和運動や反戦運動が大きな勢力を持ち得、国論は分裂する。これは、必ずしも共産国家の陰謀のせいばかりとは思えない。

共産国家は、閉鎖国家でその中での言論統制を自由に行える体制であるから、国論統一は、自由主義国家よりもはるかに有利に行うことができる。アメリカの反戦運動の高まりを見ると、限定戦争下における国論統一の困難さが、これと比較してよく分かる。

さらに、代理戦争は、二大勢力の辺境地帯で行われる戦争であるから、その地域の原住民同士が相闘うという形をとる。そしてこれは、民族独立とか植民地解放などの理念に裏付けられて闘われる。自由諸国としては正規軍を派遣して、これに対処しなければならない。これに対し、共産圏は『人民戦争理論』をもって、不正規軍によるゲリラ戦を闘う。この『人民戦争理論』によって、民族の自立と植民地解放という大義名分が得られる点で、共産圏の方が有利となる。

ゲリラ戦は、女や子供も参加する以上、彼らも殺されることは多々ある。世のヒューマニストたちは、正規軍の軍人が死んでも、それは死ぬ商売の者が死んだだけだ、として深い同情など示さないが、女や子供が虐殺されたとなると、大いに感情移入してヒューマニズムの見地から反戦運動に立ちあがる、ということになる。

また、自由諸国のマスコミュニケーションは、国論分裂が得意である故、ヒューマニズムの徹底的利用という点で、むしろ共産圏に有利にはたらく。なぜなら、自由ということを最高最良の主義主張とする以上、自国が加担している限定戦争に反対することは、自由の最大の根拠となるからである。

以上の観点から、自由諸国は、二つの最大の失点を初めから自らの内に包含していることになる。日本も、その意味では同じことである〉

〈日本は、天皇という民族精神の統一、その団結心の象徴というものを持っていながら、それを宝の持ち腐れにしてしまっている。さらに、我々は現代の新憲法下の国家において、ヒューマニズム以上の国家理念というものを持たないということに、非常に苦しんでいる。それは、新憲法の制約が、あくまでも人命尊重以上の理念を日本人に持たせないように、縛りつけているからである。

防衛問題の前提として、天皇の問題がある。ヒューマニズムを乗り越え、人命よりももっと尊いものがあるという理念を国家の中に持たなければ国家たり得ない。その理念が天皇である。我々がごく自然な形で団結心を生じさせる時の天皇、人命の尊重以上の価値としての天皇。この二つを持っていながら、これをタブー視したまま戦後体制を持続させて来たことが、共産圏・敵方に対する最大の理論的困難を招来させることになったのだ。この状態がずるずる続いていることに、非常な危機感を持つ〉

〈次に、国防理念の問題に入る。

我々は、物理的な、あるいは物量的な戦略体制というものにとらわれすぎている。例えば中国の核の問題。この核に対抗する手段を我々は持っていない。従って、集団安全保障という理念から、日米安保条約によってアメリカの核戦略体制に入ることを、一つの国是としている。しかし、アメリカはＡＢＭ（＊弾道弾迎撃ミサイル）を持っているが日本は持っていない。従って、我々はアメリカの抑止力に頼ることはできても、核に対する防衛手段は我々から疎外されている。

我々は、自ら防衛手段を持たなければならない。しかし、非核三原則をとる現政権下では、核に対する防衛手段も制限されていると言わねばならない。

我々は核が無ければ国を守れない。しかし核は持てない、という永遠の論理の悪循環に陥っているのである。

この悪循環から逃れるには、自主防衛を完全に放棄して、国連の防衛理念に頼るしかない。国連軍に参加して、国連軍として海外派遣も行い、国連管理下に核をおいてそれを使用することも時には行い得る、こういう形で国防理念を完全に国連憲章に一致させることしかあり得ない。国連憲章の上に成り立っている新憲法を、論理的に発展させればそうなるだろう。

しかし、それでも自主防衛の問題が出て来る。これは、理念の問題ではなく、アメリカのベトナム戦争以来の戦略体制の政治的反映のせいである。ベトナム戦争の失敗以降のアメリカの孤立主義の復活が、アジア人をしてアジア人と闘わしめ、自らはうしろだてとなって、アメリカ人の血を流すことを避けるという方向にむかっている。つまり、これは『人民戦争理論』の反映であり、アメリカは、各国に自主防衛を強制して、自らは前面から撤退するという政策に変更しつつある。

こうなると、日本はアメリカのアジア戦略体制に利用されるのだ、という左翼の批判にさらされても仕方がない。なぜなら、自由諸国は人民戦争理論というものを絶対に使わないからだ〉

〈そこで問題になって来るのが、日本人の自主防衛に対する考え方である。

日本の防衛体制を考える時、最も重要で最も簡単なことは、魂のないところに武器はないということである。すなわち、防衛問題のキー・ポイントは、魂と武器を結合させることである。この結合が成り立てば、在来兵器でも、充分日本は守れると信ずる。この結論は、核の問題から導き出される。なぜなら、核は使えない、からである。

使えない核は、恫喝の道具として使うしかない。もし核を保有していなくても、そこに核があるのだと相手側に信じさせることができれば、それで充分に恫喝となり得る。持っていなくても、持っているぞと脅すことができれば充分に心理的武器となり得る。

これが、人間の心理に非常な悪影響を及ぼしたと思う。かつて、人間のモラルを最終的に支えたのは刀による決闘であった。自分の主張とモラルを通すためには、刀に頼るしかなかった。しかし、核の登場により、モラルと兵器との関係は、無限に離れてしまった。あるかないか分からないものに、人間はモラルをかけることなどできないからだ。

故に、在来兵器の戦略上の価値をもう一度復活させるべきだと考える。つまり日本刀の復活である。無論、これは、核にあらざる兵器は、日本刀と同じであるという意味である。

その意味で、武士と武器、本姿と魂を結びつけることこそが、日本の防衛体制の根本問題だとするのである。

ここに、武士とは何かという問題が出て来る。

中曽根長官が、自衛隊は一種の技術者集団である、いわゆる武士ではない、と言ったそうだが、とんでもない話だ。

自衛隊が、武士道精神を忘れて、コンピューターに頼り、アメリカ製の新しい武器や新しい兵器体系などという玩具に飛びつくようになったら、非常な欠点をさらすことになる。軍の官僚化、軍の技術集団化だ。特に、技術者化が著しくなれば、もはや民間会社の技術者と、精神において何ら変わらなくなる。また官僚化が進めば、軍の秩序維持にのみ頭脳を使い、軍の体質が、上官にペコペコするような人間ばかりになり、野戦の部隊長というものを生み出し得なくなる。つまり、軍の中に男性理念を復活できず、おふくろ原理に追随していくことになる。こうして精神を失なって単なる技術集団と化す。この空隙をついて、共産勢力は自由にその力を軍内部に伸ばして来ることになる〉

〈では、武士道とは何か。

自己尊敬、自己犠牲、自己責任、この三つが結びついたものが武士道である。このうち自己犠牲こそが武士道の特長で、もし、他の二つのみであれば、下手をするとナチスに使われた捕虜収容所の所長の如くになるかもしれない。なぜなら、彼としても自身に対する尊敬の念を持っていたろう、自分の職務に対する責任も持っていただろう。それでも命令通りにユダヤ人を虐殺したではないか。しかし、身を殺して仁をなす、という自己犠牲の精神を持つ者においては、そのようにはなりようがない。故に、侵略主義や軍国主義と、武士道とは初めから無縁のものである。この自己犠牲の最後の花が、特攻隊であった。

戦後の自衛隊には、ついに自己尊敬の観念は生れなかったし、自己犠牲の精神に至っては、教えられることすらなかった。人命尊重第一主義が幅をきかしているためだ。

日本の軍国主義なるものは、日本の近代化、工業化などと同様に、すべて外国から学んだものであり、日本本来のものではなかった。さらに、この軍国主義の進展と同時に、日本の戦略、戦術の面から、アジア的特質が失なわれてしまった。

日本に軍国主義を復活させよ、などと主張しているのではない。武士道の復活によって日本の魂を正し、日本の防衛問題の最も基本的問題を述べようとしているのだ。日本と西洋社会の問題、日本の文化と西洋のシビライゼーションの対決の問題が、底にひそんでいるのだ〉

『正規軍と不正規軍』――

〈軍隊には正規軍と不正規軍がある。日本は、明治以降、不正規軍、不正規戦の研究をまるでしていない。それは鎮台のためだ。日本軍部の成り立ちが、不正規軍、不正規戦の弾圧を目的としたものだったからだ。つまり鎮台は、あくまでも不正規軍＝反乱軍を鎮圧するために創られた軍隊であり、それがやがて天皇の軍隊となり、徴兵制度がしかれた。これ以降、徴兵制度の上に成立した正規軍がただ一つの国軍である、という形で敗戦まで来たわけだ。

この間、最も苦い目にあったのが日支事変（＊日中戦争）だ。八路軍（＊毛沢東軍）という不正規軍にぶつかったためだ。だが、対不正規戦戦略というものを、ついに展開できなかったために、ずるずると大東亜戦争にひきずり込まれ、今日のベトナムにおけるアメリカ軍と同じことになってしまった。

戦後はどうなったか。

戦後、自衛隊から、徴兵制度ははずされてしまった。そのため、旧軍人の正規軍思想だけが残って、国民との関係は完全に断たれ、離れてしまった。国民と軍とをつなぐ徴兵制度がなくなったために、国民との関連はまったく失なわれ、正規軍思想と不正規軍思想とは、完全に離れてしまった。

そこで、全学連の出現で困惑することになる。全学連は武器こそ大して持っていないが不正規軍といえるのだから〉

〈不正規軍の研究というものは、自衛隊内においては、非常に抑圧されている。自衛隊で部外秘の戦術教範のようなものを出しているが、とるにたりない。毛沢東などの戦術を研究してきた旧軍人が作ったものらしいが、防衛庁でがさがさに削られ、骨抜きにされて、まったく馬鹿馬鹿しいものになっている。

従って、現在の自衛隊の対ゲリラ戦、遊撃戦、ことに都市戦略に関しては、まったく幼稚園以下で問題にならない。

彼らは、どうしても力ということしか考えられない。今や向こうは力で来ないのは分かっている。しかし、それに対する戦略がなにも展開できていない。これでは、アメリカと同じ轍を踏むことになるのではないか、と憂慮する。

直接侵略対処、つまり、ソビエトや中国、北朝鮮などが、日本に攻め込んでくるような事態の場合には、自衛隊への世間の同意が得られる。しかし、間接侵略では、同意は得られまい。そのような状況に対する研究を、自衛隊は何もやっていない。

一九七二年の沖縄返還の際には、沖縄の米軍基地の相当数が残されるだろう。それに際し、沖縄人民が、米軍基地へ押しかけた時、自衛隊がその間に立ったらどうなるか。デモを鎮圧できずに自衛隊が退いたら、自衛隊全体の威信が堕ちる。しかし、自衛隊が発砲などしたら、それこそ世間にたたかれマスコミのヒューマニズムに徹底的に利用される。アメリカは涼しい顔のままだ。この瞬間、自衛隊の理念は崩壊する。

やはり、彼らはアメリカの傭兵だったではないかと非難される。ここへ向かって自衛隊が進んでいるようで非常に憂慮する。ここに至る前に、何とかして自衛隊を国軍という形にしなければならない。

だが、自衛隊内部は、出世主義ばかりで、危機感などまるでない。外から見た自衛隊と中から見た自衛隊ではまるで違う。彼らは政治家にはいいところしか見せないのだ〉

以上で口述は終わっている。

突きつけられたクーデター計画

六月、自衛隊と「楯の会」との訓練はますます激しさの度を増していった。その訓練が一区切りついたある夕方、山本氏は、他の自衛官とともに先生から夕食に誘われた。浪漫劇場近くの坂の上にある「山の上ホテル」のレストランであった。作家たちが原稿を執筆するホテルとして知られている。

山本氏は、その誘いが、ある決意を込めたものであり、自衛隊にも行動を迫るものであることを予感した。

「事と場合によっては、無事にこのホテルから出られないかも知れぬ」

レストランの入口に山本氏らが姿を現わすと、先生はすぐに個室をとり、注文を聞きにきたボーイに向けて、

「大事な話がある。食事は話が終わってからするから、呼ぶまでは来ないで欲しい」

と強い口調で言い、先頭に立って部屋に入った。

全員が座席に着くのを待つとドアを閉め、鍵をかける用心深さだった。

容易ならぬ気配に、皆は思わず身構えた。

テーブルに着いたのは五名の自衛官だったが、日頃から先生が信頼していた者たちである。

「三島は、ついに決意を披瀝するのに違いない」と誰もが感じ取った。

先生はやおら懐から紙片を取り出し、男たちの顔を一渡り睨みつけるようにしたあと、紙片に書かれた文章を読みはじめた。

それは、やはり三カ条からなるクーデター計画であった。

その一カ条は、「楯の会」が皇居に突撃して、皇居を死守するものであった。

「皇居突入」「死守」という激しい言葉が、彼らのなかでいつまでも反響し続けた。

「すでに、決死隊を用意している。九名の者に日本刀を与えた！」

一人の若い将校はその計画に深くうなずいた。

しかし山本氏は言下に答えた。

「この状況下で、それはありえません。我々はまず訓練をして、その日に備えるべきです。それも自ら突入するのではなく、左翼乱入を阻止するための行動でなければなりません」

「話が違うじゃないか！」

「あなたは、我々を裏切るのか！」

いきりたつ将校たちを、先生は手を振って制した。

沈黙がしばらく続いた。

やがて、先生はマッチを擦ると、灰皿の上で紙片を燃やした。

食事がはじまった。

「パンになさいますか、それともライスに……」

注文をとりにきたボーイが声をかけてきた。

「パンにしてもらおう」

山本氏は答えたが、先生はその言葉におおいかぶせるように語気を強めボーイに、

「私はパンが嫌いだ！」

と威嚇するかのように言った。

気まずいなかで食事をしながら、それでも次の訓練予定を話し合った。

山本氏があれこれ案を出す間、先生はうなずくだけで、どれにも賛意を示そうとしない。

一通り山本氏が話し終わると、待っていたかのように、先生は大きく目を見開き言った。

「次の訓練は、総理官邸での演習にしよう」

「それは無理です」

山本氏は間髪をいれず否定した。

三島由紀夫が何を言おうと、総理官邸で演習など可能なわけがない。まして、万一、可能だとしても、「右翼の武装訓練」といった扇動的な報道が目立ちはじめているとき、それ

を裏づけるような行動は避けるべきである。自衛隊や「楯の会」も、マスコミによる一斉攻撃を受けることは間違いない。

先生は、男たちを見据え、口を閉ざしたままだった。沈黙が部屋を充たした。と、そのとき、沈黙の重苦しさに耐え切れなくなったかのように隊員の一人が口を切った。

「先生のお宅に、わら人形でも据えて演習しましょうか」

食卓にフーッと息が漏れた。

「そうだな」

先生はそれだけ呟くと、視線を食卓に落として再びフォークを使いはじめた。

たとえ冗談とはいえ、わら人形で演習するといった低レベルの話題を持ち出してきた自衛官に、明らかに失望を感じているようだった。

先生は、山本氏の態度に不満があった。が、しかし山本氏なくしては、己れの画する闘いに勝利することができないことも承知していたのだ。

「楯の会一周年」へのこだわり

一一月五日、赤軍派五三名が大菩薩峠で訓練中、逮捕された。彼らは銃砲などで武装していた。一年前の一〇・二一国際反戦デーで機動隊に封じ込まれた新左翼各派は、その闘争戦術を先鋭化させつつあった。このように地下に潜って非合法活動を行う革命グループの動きも活発になっていた。

碇井準三陸将

　こうしたなかで、我々は一一月三日に「楯の会」一周年記念パレードを挙行する予定であった。

当時の社会情勢は、反米、反戦、反自衛隊に傾いていて、その頃になり「楯の会」の性格や目的について、疑問視する報道が目立つようになっていた。

先生は、「楯の会」が公然と社会的に認知されるためにも、パレードを成功させようと意気込んでいた。

約八〇名を擁する「楯の会」のパレードの会場として、すでに国立劇場が選ばれていた。ところが直前になって、『東京新聞』の記者が出席者の顔ぶれに興味を持ちその取材に乗り出した。この動きに恐れをなしたのか、出席の辞退が相次いだ。招待状はすでに二〇〇名ほどに発送されていた。

恩師の川端康成氏も前日になって電話で出席を取り消した。

防衛庁にも動揺が及んだ。自衛隊からの出席予定者は、防衛事務次官、官房長、陸上幕僚長、東部方面総監、富士学校長、各陸将、滝ヶ原連隊長及び中隊長など、関係者すべてにわたっていた。

そしてパレードの観閲官には、富士学校の前校長で「楯の会」育ての親ともいうべき碇井準三陸将が予定されていた。出席者に起きている動揺は、すでにその陸将にも波及していた。パレードに陸将の制服で出席すれば、マスコミに騒がれるのではないかと躊躇していたのだ。

しかしまもなく、自衛隊の不甲斐なさを嘆いた保利氏や防衛事務次官らが奔走し、動揺はひとまず収まった。

終幕を飾るパレード

当日は快晴になった。パレードに招待された者には、先生の書いた「楯の会のこと」と題した次の一文が掲載されたパンフレットが渡された。

――私は日本の戦後の偽善にあきあきしていた。私は決して平和主義を偽善だとは云はないが、平和憲法が左右雙方からの政治的口實に使はれた結果、日本ほど、平和主義が偽善の代名詞になった國はないと信じている。（略）

経済的繁栄と共に、日本人の大半は商人になり、武士は衰へ死んでいた。自分の信念を守るために命を賭けるといふ考へは、オールド・ファッションになっていた。思想は身の安全を保證してくれるお守りのやうなものになっていた。思想を守るには命を賭けねばな

招待した女優をエスコートする先生

らぬ、ということに知識人たちがやっと気付いたのは、(気付いたところですでに遅かったが)、自分たちの大人しい追随者だと思っていた學生たちが俄かに怖ろしい暴力をふるって立向って来てからであった。

国立劇場屋上のパレード会場に、自衛隊音楽隊の演奏が響くなか招待者は続々とつめかけ、大盛会となった。政界、芸能界、スポーツ界などさまざまな分野からの招待者のなかには人気女優の顔も見え、華やかな社交場のような雰囲気が会場に充ちた。

パレードが開始された。

観閲の壇上に碇井陸将が背広姿で立ち、「楯の会」の正装に身を固めた三島隊長が不動の姿勢をとった。

音楽隊の勇壮なマーチに歩調を合わせた我々約八〇名の会員たちはカーキ色の制服を着用、先頭の森田必勝学生長が白の絹地に赤く兜を染め抜いた「会旗」を掲げ、堂々の行進を展開し、壇上の三島隊長の前に進んでいった。

我々の統率のとれたパレードは、まさにこの日のハイライトであった。やがて、「かしらッ右！」の号令とともに、会員たちが隊長と目を合わせたとき、隊長の頬はかすかに震えたように見えた。

パレードは一五分で終わった。その模様はテレビで放映され、新聞も報道した。

式典後、二階大食堂で開かれた祝賀会では、純白の真新しい夏服に着替えた我々が招待客をもてなした。

来賓からの祝辞に答えて、先生が「楯の会」の夏服姿で挨拶に立った。それは流暢な英語であり、多くの外国人ジャーナリストを意識してなされたものであった。

すでにこの年の国際反戦デー闘争が機動隊に制圧された時点で、最後の治安出動の機会は失せ、自衛隊は次第に先生から離れつつあった。しかし、彼らが逃げるはずはない、先生はそう信じていた。

第五章　血滾る三島由紀夫憲法

現憲法への問題提起

昭和四四年一二月二四日、巷ではクリスマス・イブの日に、「楯の会」会員およそ五〇名は、自衛隊習志野駐屯地第一空挺団に体験入隊を行った。

訓練が終了すると同時に先生は、我々に訓示を行った。

「いいか諸君、憲法改正の緊急性を思うため、『楯の会』としても、独自の改正案を作成する。このためただちに準備に入るよう」

先生が志向したのは日本人自らの手による憲法の制定であり、なかでも国を守る軍事力が持てるよう憲法に明記することが重要だとして、現行憲法第九条を廃止し、その代わりに日本国軍隊の創設を訴えた。

そしてもう一つ、先生の主張の根幹を成している重要な要素がある。それは「皇国日本」の復活である。太平洋戦争にいたる軍部の誤った戦略展開は、わが国の文化の基となる天皇国家をねじ曲げた。さらに敗戦、被占領によって、我々は美しい伝統と民族の心を失ったのである。

今物質的な豊かさとは裏腹に、人々は誇りを失い、心を失っている。

「皇国日本」を取り戻すこと、それは我々が日本民族として自らの文化と精神的拠り所を得ることに他ならない。

そしてその実現のためには、命を日本のために投げ出さねばならぬ、と先生は決意していた。

指示に従い、その場において阿部勉氏ら一三名により「憲法研究会」が組織されたのだった。毎週水曜日、研究会は討議することになった。

やがて、この研究会の討議のいわば叩き台として、先生は現行憲法に対する三項目の問題を我々に提起した。

その第一項目「現憲法に於ける日本の欠落」は昭和四五年一月初頭にできあがり、つづく第二項目「戦争の放棄について」、さらに第三項目「非常事態法について」もできあがった。

すでに「楯の会」会員による研究会は、毎週三時間の討議を重ねていて、計三四回にも及んだのである。

先生が我々に示した三つの「問題提起」は、先生の考えを理解するためには不可欠の資料である。そのため、少々長いが、その全文を引用する。

まず『現憲法に於ける日本の欠落』から。

憲法には改正手続きの簡易な軟性憲法と、その手続きのすこぶる厳格な硬性憲法とがあるが、現在の日本国憲法は明らかに後者に属する。英国の如きは成文法を有しない。又、西ドイツは、第二次大戦後連合軍占領下の占領基本法を憲法と見做さず、占領終了後自ら修正制定している。占領下に制定された憲法がそのまま維持されてゐる日本は、旧敗戦国中でも特殊例であり、これには、国際政治と国内政治の双方の要因が複雑にからみ合ってゐることは周知の通りである。

憲法は国家の基本法であるから、法学者は逆に、国家を定義して、法体系の投影であると言ふ。現実の新憲法下の日本を見る限り、正にその通りである。しかしながら、「逆モ亦《マタ》真ナリ」は成立しない。憲法の法理念体系が国家の投影であるか、といふのに、新憲法はそのやうな確たる国家像を背後に持たず、国際連合憲章にすべてを委任する形で成立してゐるからである。ここに現行憲法の最大の問題がひそんでゐる。

国家の基本法が真に内発的なものであるならば、この「逆モ亦真ナリ」は成立する筈であり、法体系の投影としての国家は、同時に国家の投影としての法体系を生み出し、合せ鏡のやうに作用する筈である。明治憲法もなるほど継受法ではあった。その明治憲法下に制定せられた公法私法も継受法であった。明治維新における日本と西欧の対立融合といふ最大のテーマの解決として作られたその憲法はしかし、民族的伝統と西欧の法伝統との、当時に於ける能ふかぎりの調和を成就させた芸術作品であった。自然法学と歴史法学との日本的綜合であった。しかるに敗戦直後怱卒《そうそつ》に作られた現憲法は、直訳まがひの、日本語としてもっとも醜悪な文体を持ち、木に竹を継いだやうな文字通りの継受法として、何らの内発性なしに与へられ、教育によって新世代に浸透するやうに、いはばあとから内発性の擬制を作られたのである。

国際政治の力関係によって、きはめて政治的に押しつけられたこの憲法は、はじめからその国際政治の力学の上に乗らざるをえぬ曲芸的性格を与へられてをり、それが又逆に、今日まで憲法を生き永らへさせてきた要因になってゐる。ありていに言って、現憲法と日米安保条約は合わせて一セットになるやうに仕組まれてをり、又同じ理由で、左派の護憲勢力の抵抗が憲法改正の機運を挫折させ、これを逆手にとった現政府の、護憲宣言となって現われたのであった。左派は等しくアメリカから与へられた二つのものの内、一方の安保条約には反対し、一方の平和憲法には賛成してきた。この態度の論理的矛盾を衝いた永井陽之助氏が、本来なら安保反対・平和憲法反対が自立価値中心の論理として、安保賛成・平和憲法賛成が福祉価値中心の論理としてそれぞれ一貫してゐるべきであるのに、それが現実の主張では、「安保反対・憲法護持」と云った具合に紛糾してゐる、と論じてゐるのは至当である。しかしこの矛盾は一九七〇年にいたって漸く気付かれ、自民党は、安保賛成平和憲法護持の福祉価値の線を強く打ち出し、一方、左派の一部では、安保反対と「人民軍」思想の萌芽が結びつきつつあって、非武装中立の護憲勢力は挟撃に会って衰微しつつある。

一九七〇年といふこの時点において、われわれが改憲について根本的思索をめぐらさねばならぬ理由は他でもない。

一は、自立の論理が左派によって追求されてゐる一方、半恒久政権としての自民党は、ますます福祉価値中心の論理に自己を閉ぢ込めつつ、物理力としての国家権力を強めつつあるといふ状況下にあるからである。

一は、この半永久政権下における憲法が次第に政体と国体との癒着混淆を強め、現体制としての政体イコール国体といふ方向へ世論を操作し、かつ大衆社会の発達が、この方向を是認しつつあるからである。

このことは現憲法自体が、政体と国体についての確たる弁別を定立してゐないことから起る必然的な結果と言はねばならない。

※

国体は日本民族日本文化のアイデンティティーを意味し、政権交代に左右されない恒久性をその本質とする。政体は、この国体護持といふ国家目的民族目的に最適の手段として国民によって選ばれるが、政体自体は国家目的追求の手段であって、それ自体、自己目的なものではない。民主主義とは継受された外国の政治制度であり、あくまで政体以上のものを意味しない。これがわれわれの思考の基本的な立場である。旧憲法は国体と法体系の間の相互の投影を完璧にしたが、現憲法は、これを明らかにしてゐないことは前述の通りである。

けだし、国体の語を広義に解釈すれば、現憲法は二種の国体、二つの忠誠対象を、分裂させて持っており、且つ国民の忠誠対象をこの二つの国体へ分裂させるやうに仕組まれてゐるからである。国体は本来、歴史・伝統・文化の時間的連続性に準拠し、国民の永い生活経験と文化経験の集積の上に成立するものであるが、革命政権における国体とは、いふまでもなく、このやうなものではない。革命政権における国体は、未来理想社会に対する一致した願望努力、国家超越の契機を内に秘めた世界革命の理想主義をその本質とするであらう。ところが奇妙なことに現行憲法は、この相反する二種の国体概念を（おそらく国論分裂による日本弱体化といふ政治的企図を含みつつ）並記してゐるのである。これが憲法第一章と第二章との思想的対立の根本要因をなす異常なコントラストである。このやうな論理的矛盾を平然と耐へ忍ぶことができるのは、正に世界に日本人の天才を措いて外にはあるまい。

第九条については後で詳述するが、国際連合憲章の理想主義と、左派の戦術的非戦論とが癒着したこの九条において、正に同一の条項が、一方では国際連合主義の仮面をかぶった米国のアジア軍事戦略体制への組み入れを正当化し、一方では非武装平和主義の仮面の下に浸透した左翼革命勢力の抵抗の基盤をなしたのであった。

しかしそれはあくまで戦略的戦術的見方であって、教育に異を樹てまいとする日本的右顧左眄と原爆被爆国民としての心情と、その他さまざまなエモーショナルな基盤に支へられて、第九条が新しい日本の「国体」として成熟した反面、第一章の「天皇」の各条は、旧世代のエモーショナルな支持にのみ支へられて、「国体」としての権威を次第次第に失ひつつあるのが現状である。

第二章の国体と第一章の国体とは、しかし、現象的には対立せぬやうに「平和をもたらした天皇」のイメージにおいて融合せしめられてゐるが、第二章の国体による第一章の国体の腐食は進行し、この腐食を賢明にも洞察してゐる自民党政府は、二種の国体をあいまいに融合せしめたままこれを政体に癒着させ、政体の強化維持を以て、新らしい国体に代へようとしてゐるのである。

しかしながら、国体と政体の別を明らかにし、本と末の別を立て、国にとって侵すべからざる恒久不変の本質と、盛衰を常とする政体との癒着を剥離することこそ、国の最大の要請でなければならない。

そのためには、憲法上、第一章と第二章とが到底民族的自立の見地から融和すべからざるものであり、この民族性の理念と似而非《えせ》国際主義の理念との対立矛盾がエモーショナルな国民の目前に、はっきり露呈されることが何よりも緊要である。

このことはグロテスクな誇張を敢えてすれば、侵略戦争の宣戦布告をする天皇と、絶対非武装平和の国際協調主義との、対立矛盾を明示せよといふのではない。むしろその反対である。もし現憲法の部分的改正によって、第九条だけが改正されるならば、日本は楽々と米軍事体制の好餌となり、自立はさらに失はれ、日本の歴史・伝統・文化は、さらに危殆に瀕するであらう。われわれは、第一章・第二章の対立矛盾に目を向け、この対立矛盾を解消することによって、日本の国防上の権利（第二章）を、民族目的（第一章）に限局させようと努め、その上で真の自立の平和主義を、はじめて追求しうるのである。したがって、第一章の国体明示の改正なしに、第二章のみの改正に手をつけることは、国家百年の大計を誤るものであり、第一章改正と第二章改正は、あくまで相互のバランスの上にあることを忘れてはならない。

※

さて、何故に第一章の「国体」は国民の忠誠対象として衰微したか？　それはあくまで教育と政策の結果である。

天皇制は戦後小泉信三的リベラリズムの下に風を除け、この風除けはいつしか天皇制の体質になって、国民の忠誠の対象視されることを避けようといふ一念で生き永らへてきた。古きノスタルジックな忠誠は、天皇に対する個人的な信愛と敬愛のみにつながれた。国民の、無方向の忠誠の意欲が、その対象たることをけんめいに避けようとしてゐる対象よりも、別種の対象へ誘導されることは自然である。微笑、友愛、やはらかな好意……さういふものなら、戦後天皇制が国民からもっとも歓迎するものであり、この歓迎に応える装置もさまざまに作られたが、「忠誠」だけは有難迷惑な贈物であり、これを拒絶する装置も隠密周到にさまざまに作られた。しかし、忠誠を拒絶することは、自ら国体たることを否定する態度に他ならないから、やむなく大衆は、無際限にその忠誠をうけ入れてくれる第九条のはうを現時の国体と考へるにいたったのも無理はない。尤もこれらの皇室政策が天皇御自身の御意に添うたものである、と私は言はうとしてゐるのではない。事勿れ主義の官僚群が作ったものであることは明らかである。

もしかりに、一歩妥協して、不十分ながら第一章が日本の「国」とは何ぞやといふことを規定してゐるとしても、第二章は明らかに、国家超克の人類的理想について述べてゐる。第一章が「国のため」といふ理念を一応掲げてゐると仮定しても、第二章が掲げてゐるのは「人類のため」といふ理念である。国民の側から云へば、忠誠対象の不分明であり、国家の側から云へば、国家意志の不明確である。これらの茫漠たる規定から演繹される国家最高の理念とは、人命尊重のヒューマニズムである。平時はそれでよいが、ひとたび危機に際会すると、一九七〇年春のハイジャック事件のやうに、韓国、北鮮がそれぞれ明白に国家意志を表明したのに、ひとり日本は、人命尊重のヒューマニズム以上のものを表明することができず、しかもこのヒューマニズムには存分に偽善が塗り込められるといふ醜態をさらしたのである。

※

さて、逐条的に現憲法の批判に入ると、

第一条（天皇の地位・国民主権）

天皇は、日本国の象徴であり日本国民統合の象徴であって、この地位は、主権の存する日本国民の総意に基く。

第二条（皇位の継承）

皇位は、世襲のものであって、国会の議決した皇室典範の定めるところにより、これを継承する。

とあるが、第一条と第二条の間には明らかな論理的矛盾がある。すなはち第一条には、「この地位は、主権の存する日本国民の総意に基く」とあるが、第二条には、「皇位は、世襲のものであって」とあり、もし「地位」と「皇位」を同じものとすれば、「主権の存する日本国民の総意に基く」筈のものが、「世襲される」といふのは可笑しい。世襲は生物学的条件以外の条件なき継承であり、「国民の総意に基く」も「基かぬ」もないのである。又、もしかりに一歩ゆづって、「主権の存する日本国民の総意」なるものを、一代限りでなく、各人累代世襲の総意をみとめるときは、「世襲」の話との矛盾は大部分除かれるけれども、個人の自由意志を超越したそのやうな意志に主権が存するならば、それはそもそも近代的個人主義の上に成り立つ民主主義と矛盾するであらう。又、もし「地位」と「皇位」を同じものとせず、「地位」は国民の総意に基づくが、「皇位」は世襲だとするならば、「象徴としての地位」と「皇位」とを別の概念とせねばならぬ。

それならば、世襲の「皇位」についた新らしい天皇は、即位のたびに、主権者たる「国民の総意」の査察を受けて、その都度、「象徴としての地位」を認められるか否か、再検討されねばならぬ。しかもその再検討は、そもそも天皇制自体の再検討と等しいから、ここで新天皇が「象徴としての地位」を否定されれば、必然的に第二条の「世襲」は無意味になる。いはば天皇家は、お花の師匠や能役者の家と同格になる危険に、たえずさらされてゐることになる。

私は非常識を承知しつつ、この矛盾の招来する論理的結果を描いてみせたのであるが、このやうな矛盾は明らかに、第一条に於て、天皇といふ、超個人的・伝統的・歴史的存在の、時間的連続性（永遠）の保証者たる機能を、「国民主権」といふ、個人的・非伝統的・非歴史的・空間的概念を以て裁いたといふ無理から生じたものである。これは、「一君万民」といふごとき古い伝承観念を破壊して、むりやりに、西欧的民主主義理念と天皇制を接着させ、移入の、はるか後世の制度によって、根生の、昔からの制度を正当化しようとした、方法的誤謬から生まれたものである。それは、キリスト教に基づいた西欧の自然法理念を以て、日本の伝来の自然法を裁いたものであり、もっと端的に言へば、西欧の神を以て日本の神を裁き、まつろはせた条項であった。

われわれは、日本的自然法を以て日本の憲法を創造する権利を有する。

※

天皇制を単なる慣習法と見るか、そこに日本的自然法を見るかについては、議論の分かれるところであらう。英国のやうに慣習法が強い国が、自然法理念の圧力に抗して、憲法を不文のままに置き、慣習法の運用によって、同等の法的効果と法的救済を実現してゆくが如き手続きは、日本では望みがたいが、すべてをフランス革命の理念とピューリタニズムの使命感で割り切って、巨大な抽象的な国家体制を作り上げたアメリカの法秩序が、日本の風土にもっとも不適合であることは言ふを俟たない。現代はふしぎな時代で、信教の自由が先進諸国の共通の表看板になりながら、十八世紀以来の西欧人文主義の諸理念は、各国の基本法にのしかかり、これを制圧して、これに対する自由を許してゐないのである。われわれがもしあらゆる宗教を信ずることに自由であるなら、どうして近代的法理念のコンフォーミティー（＊国教信奉）からだけは自由でありえない、といふことがあらうか？　又逆に、もしわれわれが近代的法理念のコンフォーミティーからは自由でありえないとするならば、習俗、伝習、慣習、文化、歴史、宗教などの民族的固有性からそれほど自由でありうるのだらうか。それは又、明治憲法の発祥に戻って、東洋と西洋との対立融合の最大の難問にふたたび真剣にぶつかることであるが、敗戦の衝撃は、一国の基本法を定めるのに、この最大の難問をやすやすと乗り超えさせ、しらぬ間に、日本を、そのもっとも本質的なアイデンティティーを喪はせる方向へ、追ひやって来たのではなかったか？　天皇の問題は、かくて憲法改正のもっとも重要な論点であって、何人《なんぴと》もこれを看過して、改憲を語ることはできない。

　これについて幾多の問題点が考へられる。

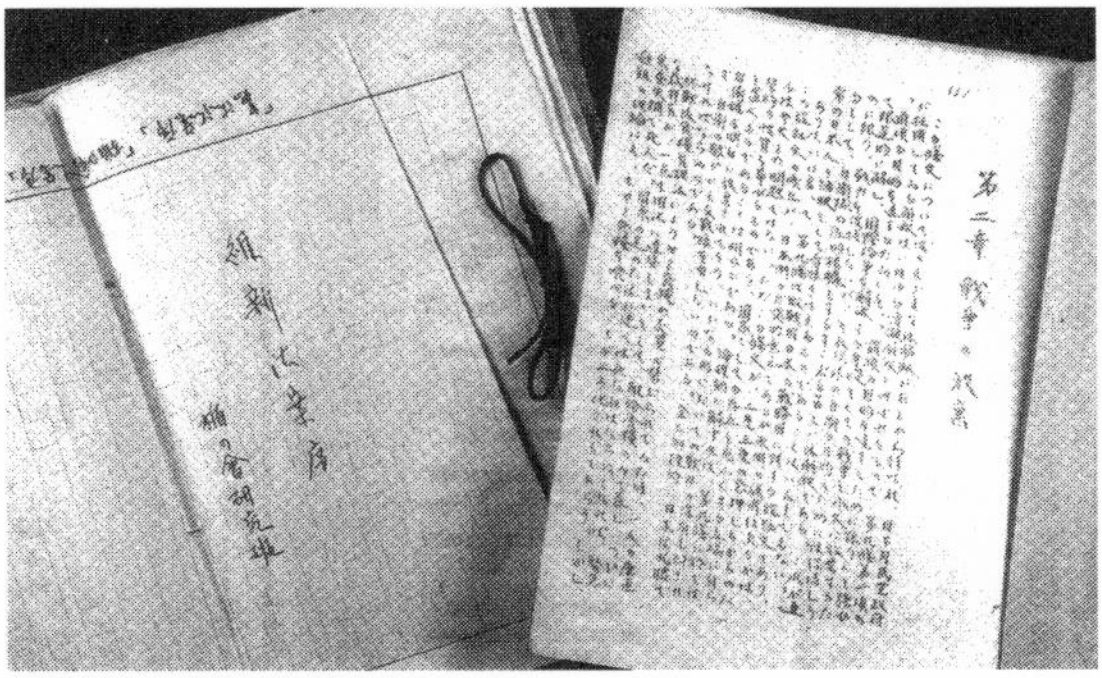
維新憲法と問題提起

天皇のいはゆる「人間宣言」は至当であつたか？　新憲法によれば「儀式を行ふこと」（第七条第十項）とニュートラルな表現で「国事行為」に辛うじてのこされてゐるが、歴史、伝統、文化の連続性と、国の永遠性を祈念し保障する象徴行為である祭祀が、なほ天皇のもっとも重要な仕事であり、存在理由であるのに、国事行為としての「儀式」は、神道の祭祀を意味せぬものと解され、祭祀は天皇家の個人的行事になり、国と切り離されてゐる。しかし、天皇が「神聖」と完全に手を切った世俗的君主であるならば、いかにして「象徴」となりえよう。「象徴」が現時点における日本国民および日本国のみに関はり、日本の時間的連続性と関はりがないならば、大統領で十分であって、大統領とは世襲の一点においてことなり、世俗的君主とは祭祀の一点においてことなる天皇は、正にその時間的連続性の象徴、祖先崇拝の象徴たることにおいて、「象徴」たる特色を担ってゐるのである。

天皇が「神聖」と最終的につながってゐることは、同時に、その政治的無答責性において現実所与の変転する政治的責任を免れてゐればこそ、保障されるのである。これを逆に言へば、天皇の政治的無答責は、それ自体がすでに「神聖」を内包してゐると考へなければ論理的でない。なぜなら、人間であることのもっとも明確な責任体系こそ、政治的責任の体系だからである。そのやうな天皇が、一般人同様の名誉毀損の法的保護しか受けられないのは、一種の論理的詐術であって、『栄典授与』（第七条第七項）の源泉に対する国自体の自己冒涜である。

「神聖不可侵」の規定の復活は、おのづから第二十条「信教の自由」の規定から、神道の除外例を要求するであらう。キリスト教文化をしか知らぬ西欧人は、この唯一神教の宗教的非寛容の先入主を以てしか、他の宗教を見ることができず、英国国教のイングランド教会を以て日本の国家神道を類推し、のみならずあらゆる侵略主義の宗教的根拠を国家神道に妄想し、神道の非宗教的な特殊性、その習俗純化の機能等を無視し、はなはだ非宗教的な神道を中心とした日本のシンクレティスム（諸神混淆）を理解しなかった。敗戦国の宗教問題にまで、無知な大斧を揮って、その文化的伝統の根本を絶とうとした占領軍の政治的意図は、今や明らかであるのに、日本人はこの重要な魂の問題を放置して来たのである。天皇は、自らの神聖を恢復すべき義務を、国民に対して負ふ、といふのが私の考へである。

一方、旧憲法の天皇大権は大幅に制約されて然るべく、天皇の政治上の無答責は憲法上に明記されねばならないが、第二章への遠慮によって、天皇の栄典授与の国事行為ですら、文官に対してのみ公然となされてゐる不均衡不自然は、九条の変更によって、直ちに改められるであらう。

但し、事軍事に関しては、旧憲法の「統帥権独立」規定の惨憺たる結果を見るにつけ、決して天皇にその最終的指揮権を帰属せしむるべきではない。

次に『戦争の放棄について』。

この条文についてはさまざまな法解釈があとから行はれ、目下自民党政府が採用してゐる解釈はいはゆる芦田解釈と呼ばれるもので、第九条第二項の「前項の目的を達するため」を、「前項の目的を達するために限り」と強ひて限定的に解し、国際紛争を解決する手段としての戦争を永久に放棄するために限り、戦力を保持しないが、それ以外の自衛の目的のためには保持しうるとして、自衛隊の法的根拠とするすこぶる苦しい法解釈である。これが通常の日本人の語釈として奇怪きはまるものであることは、いふまでもない。

ありていに言って、第九条は敗戦国日本の戦勝国に対する詫証文であり、この詫証文の成立が、日本側の自発的意志であるか米側の強制によるかは、もはや大した問題ではない。ただこの条文が、二重三重の念押しをからめた誓約の性質を帯びるものであり、国家としての存立を危ふくする立場に自らを置くものであることは明らかである。

論理的に解すれば、第九条に於ては、自衛権も明白に放棄されてをり、いかなる形においての戦力の保有も許されず、自衛の戦ひにも交戦権を有しないのである。全く物理的に日本は丸腰でなければならぬのである。

終戦後食糧管理法によりヤミ食糧の売買が禁じられてゐた時、一人の廉直な裁判官が、一点も国法に違背しまいとして、配給食糧のみで暮し、つひに栄養失調で死んだ。国法の定めた法に従へば死なねばならぬとなれば、緊急避難の理論によってヤミ食糧を食べることが正当化されるであらう。しかし、このことは国の定めた法の尊厳を失はせ、実際に執行力を持たぬ法の無権威を暴露するのみか、法と道徳との裂け目を拡大し、守りえぬ法の存在そのものが、違法を人間性によって正当化させるのであるから、道徳は法を離れて、人間性の是認に帰着し、人命尊重を最高の道徳理念にするほかはない。しかも、一方、新憲法に於て、国家理念を剥奪された日本は、その法の最後の正当性の根拠をも亦、「自ら定めた法を自ら破らざるをえぬ」といふ、人間性の要請、人命尊重の緊急避難といふところへ設けざるをえない。

この裁判官の死は実に戦後の象徴的事件であって、生きんがためには法を破らざるをえぬことを、国家が大目に見るばかりか、恥も外聞もなく、国家自身が自分の行為としても大目に見ることになった。第九条に対する日本政府の態度は正にこれである。第九条のそのままの字句通りの遵法は、「国家として死ぬ」以外にはない。しかし死ぬわけには行かないから、しゃにむに、緊急避難の理論によって正当化を企て、御用学者を動員して牽強附会の説を立てたのである。

※

自衛隊は明らかに違憲である。しかもその創設は、新憲法を与へたアメリカ自身の、その後の国際政治状況の変化による要請に基づくものである。

朝鮮戦争下のアメリカは、たしかに憲法改正を敢えてしても、日本の自衛隊の海外派兵を望んだであらう。しかるに吉田内閣は、ここにいたって新憲法を抵抗のカセとして、経済的自立の急務を説いて、防衛問題からアメリカの目を外らせたのである。これが今日、日本の未曾有の経済的繁栄、一方ヴェトナム戦争の進展により、アメリカの孤立主義的世論の強まり、これから来る「アジア人をしてアジア人と戦はしめよ」といふ新しい軍事政策の展開、これに対する日本の「自主防衛」といふ迎合的遁辞、又一方では、日本の「軍国主義化」に対する諸外国の猜疑等、諸々の要因が簇出してゐることは周知のとほりである。新憲法と安保が一セットになっているといふことは既述したが、一九七〇年の難関を突破した今、自民党は再び吉田内閣以来の「新憲法と安保は一セット」主義に立ち戻って護憲を標榜してゐる。その護憲のナショナリスティックな正当化は、あくまでも第九条の固執により、片やアメリカのアジア軍事戦略体制に乗りすぎないやうに身をつつしみ、片や諸外国の猜疑と非難を外らさうといふ、消極的弥縫《びほう》策に過ぎず、国内的には、片や「何もかもアメリカの言ひなりにはならぬぞ」といふナショナリスティックな抵抗を装ひ、片や「平和愛好」の国民の偸安《とうあん》におもねり、大衆社会化状況に迎合することなのである。しかもアメリカの絶えざる要請にしぶしぶ押されて、自衛隊をただ「量的に」拡大し、兵器体系を改良し、最も厄介な核兵器問題への逢着を無限に遷延させるために、平和憲法下の安全保障の路線を、無目的無理想に進んでゆくことである。この間、自主防衛の美名の下に、若年労働力不足といふ共通の難問を解決するために、日本的産軍合同の形態が準備されつつあることは自明である。

核と自主防衛、国軍の設立と兵役義務、その他の政策上の各種の難問題は、九条の裏面に錯綜してゐる。しかしここでは、私は徴兵制度復活には反対であることだけを言明しておかう。

※

第九条の改正乃至廃止は、国内では左派勢力の激発を、国外では、米国のアジア軍事体制への歯止めなきかかはり合ひを意味し、且つ諸外国の警戒心恐怖心の再発を予見させるがために、「憲法改正」すなはち「九条改廃」が、全国民をしておぞけをふるはせるメドゥサの首になったのである。

私は九条の改廃を決して独立にそれ自体として考へてはならぬ、第一章「天皇」の問題と、第二十条「信教の自由」に関する神道の問題と関連させて考へなくては、折角「憲法改正」を推進しても、却ってアメリカの思ふ壺におちいり、日本が独立国家として、日本の本然の姿を開顕する結果にならぬ、と再三力説した。たとひ憲法九条を改正して、安保条約を双務条約に書き換へても、それで日本が独立国としての体面を回復したことにはならぬ。韓国その他アジア反共国家と同列に並んだだけの結果に終ることは明らかであり、これらの国家は、アメリカと軍事的双務条約を締結してゐるのである。

第九条の改廃については、改憲論者にもいくつかの意見がある。「第九条第一項の字句は、そもそも不戦条約以来の理想条項であり、これを残しても自衛のための戦力の保持は十分可能である。しかし第二項は、明らかに、自衛権の放棄を意味するから削除すべきである。」といふ意見に、私はやや賛成であるが、そのためには、第九条第一項の規定は世界各国の憲法に必要条項として挿入されるべきであり、日本国憲法のみが、国際社会への誓約を、国家自身の基本法に包含してゐるといふのは、不公平不調和を免れぬ。その結果、わが憲法は、国際社会への対他的ジェスチュアを本質とし、国の歴史・伝統・文化の自主性の表明を二次的副次的なものとするといふ、敗戦憲法の特質を永久に免れぬことにならう。むしろ第九条全部を削除するに如くはない。

その代りに、日本国軍の創設を謳ひ、建軍の本義を憲法に明記して、次の如く規定すべきである。

「日本国軍隊は、天皇を中心とするわが国体、その歴史、伝統、文化を護持することを本義とし、国際社会の信倚《しんい》と日本国民の信頼の上に建軍される」

※

防衛は国の基本的な最重要問題であり、これを抜きにして、国家を語ることはできぬ。物理的に言っても、一定の領土内に一定の国民を包括する現実の態様を抜きにして、国家といふことを語ることができないならば、その一定空間の物理的保障としては軍事力しかなく、よしんば、空間的国家の保障として、外国の軍事力（核兵器その他）を借りるとしても、決して外国の軍事力は、他国の時間的国家の態様を守るものではないことは、赤化したカンボジア摂政政治をくつがへして、共和制を目ざす軍事政権を打ち樹てるといふことも敢えてするのを見ても自明である。

自国の正しい建軍の本義を持つ軍隊のみが、空間的時間的に国家を保持し、これを主体的に防衛しうるのである。現自衛隊が、第九条の制約の下に、このやうな軍隊に成育しえないことに、日本のもっとも危険な状況が孕まれてゐることが銘記されねばならない。憲法改正は喫緊の問題であり、決して将来の僥倖を待って解決をはかるべき問題ではない。なぜならそれまでは、自衛隊は、「国を守る」といふことの本務に決して到達せず、この混迷を残したまま、徒らに物理的軍事力のみを増強して、つひにもっとも大切なその魂を失ふことになりかねないからである。

自衛隊は、警察予備隊から発足して、未だその警察的側面を色濃く残してをり、警察との次元の差を、装備の物理的な次元の差にしか見出すことができない。国軍の矜《ほこ》りを持つことなくして、いかにして軍隊が軍隊たりえようか。この悲しむべき混迷を残したものが、すべて第九条、特にその第二項にあることは明らかであるから、われわれはここに論議の凡《すべ》てを集中しなければならない。

最後に『非常事態法について』。

旧憲法は、次の如き非常大権の規定を持ち、非常事態に処する法的措置を、憲法中に包含してゐた。すなはち、

第八条　天皇ハ公共ノ安全ヲ保持シ又ハ其ノ災厄ヲ避クル為緊急ノ必要ニ由リ帝国議会閉会ノ場合ニ於テ法律ニ代ルヘキ勅令ヲ発ス

此ノ勅令ハ次ノ会期ニ於テ帝国議会ニ提出スヘシ若《モシ》議会ニ於テ承諾セサルトキハ政府ハ将来ニ向テ其ノ効力ヲ失フコトヲ公布スヘシ

第十四条　天皇ハ戒厳ヲ宣告ス

戒厳ノ要件及効力ハ法律ヲ以テ之ヲ定ム

この第八条は、いはゆる「緊急命令」であり、ドイツ法のノートヴェンディゲス・レヒトから来てゐるが、第二項の「若議会ニ於テ」云々の規定は、議会の不承諾の取下《とりさげ》を定めながら同時に、その遡及を禁ずる目的を持ってゐる。したがって、たとひ事後に取下があっても、ここに至る一定期間中の緊急命令の法的効力は疑ひやうがないのである。

第十四条の「戒厳」とは、非常の時期にあたって、行政権司法権の行使を、軍隊の司令

官にゆだねる制度をいひ、中国に由来する。この規定にもとづく法律は、正式には制定されず、「明治十五年太政官布告第三十六号戒厳令」が、終戦まで生きてゐたので、戒厳といへば、人は戒厳令を思ひ出すのである。

その内容は、

集会・出版の停止
民間諸物品の調査
危険物の検査押収
郵便物の開封
交通の停止
民有動産不動産の破壊
家屋の立入検察
危険人物の退去処分

などの包括的な執行の権限が軍司令官に与へられ、司法事務も亦、一定条件下に、軍法会議の権限に属せられるのである。

第八条の緊急勅令にもとづき、一定地域に戒厳令中の必要規定が適用された例として二・

二六事件当時の東京市等があるがこれは法律上「行政戒厳」と呼ばれてゐるが、われわれはこれをも一括して戒厳令と呼んでゐる。すなわち戒厳令には、包括的なものから部分的なものまで、状況、地域に応じて、種々のニュアンスがあるのである。

大体右のごとき予備知識を以て、新憲法を眺めてみると、それは非常事態に対処する処置を全く欠いてゐることが、一目で分かるであらう。あくまで民主的人権主張の羅列を旨とした新憲法は、これら基本的人権の侵害にわたる非常事態の法的根拠の明示を避け、自衛隊法第七八条の「命令による治安出動」と、第八一条の「要請による治安出動」を規定するのみで、しかもこれに由来する一般的所有権の制限などについては何ら触れることがない。その法的不備は明らかである。

※

そもそも戒厳令の如き非常事態法は、刑法上の緊急避難に類似してゐて、或る緊急状態に於て、公法上の一般原則を曲げうるとなすいはば「法の自己否定」の性質を帯びてゐる。これが拡大解釈されれば、蟻の一穴から堤防が崩れるごとく、法体系自体が崩壊する危険を含んでゐる。その危険を冒してまで、かういふ条項が挿入されたのは、いふまでもなく、緊急時における法のフレキシブルな運用を保障する根拠を平時から明示しておくといふ、いはば非常用水の用水桶のやうな要心に出たものである。

非常事態法は、軍司令官に大部分の権限を委譲するものであるだけに、この適用はすこぶる慎重を要するにもかかはらず、この法が発動する場合には、慎重を持する時間的余裕がないのみならず、予期しがたい事態が次々と生ずる惧れがある。事態の収拾による治安回復といふ社会的要求と、法的原則と法体系の維持といふ法的要求と、この二つの兼合によって、非常事態法適用の成否が決まるのであるから、これは両刃の剣の如き法であると云ってよい。

それでは、非常用水を日頃から用意しておけば火事が起きないか、といふと、そんな保証はどこにもない。ただ火事が起きた時に、多少被害が少なくてすむであらう、といふ経験的判断があるだけであり、これも単なる蓋然性にとどまる。用水ならばよいが、非常事態法は、比喩としてはむしろ、山火事を終わらせるためにダイナマイトを使ふ措置に似てゐるのである。このことは、山火事を起こさせるためにダイナマイトを使ふといふ、逆の効果すら内包してゐる。

事実、昭和初年における国家主義運動に基づく騒擾事件は、多く戒厳令発布を目的として行はれ、未遂の神兵隊事件も、その檄文中に戒厳令発布を唱ってゐた。左の革命運動を既存の法律外に出る変革と考へ、いはば「憲法外変革」と規定すれば、右の維新運動は、戒厳令発布を目的とした「憲法内変革」と規定することができよう。（これが戦後は逆転したのである）

かくて、二・二六事件は、事実上、戒厳令発布に成功し、一時的ながら、蜂起軍は（皮肉にも）戒厳軍に編入されたのであった。この時点において、参加者が成功を確信したのも無理からぬことである。

※

故意に或る非常の法的措置を相手方にとらせるといふ戦術は、戦後も、機動隊の学内導入を目的とした三派全学連の行動によく見られた。これはむしろ世論の喚起が目的であったが、非常事態法がそこに存在すれば、あらゆる変革の運動は、これを逆手にとるために、わざとこれを発動させようといふ方向を辿ることは、想像に難くない。なぜならそれによって、法的にも社会的にも、一種の流動状態が招来されるからであり、いはば肉を切らせて骨を切る戦術である。

非常事態法が制定されたからとて、非常の事態が安穏に収拾されるといふ保証はどこにもなく、又これを防止しうるわけでもない。大地震等の天災地変に応じて、軍司令官に一旦委譲された権限は、天災の終熄と共に、もとへ返されるといふ保証も、どこにもない。では、そのやうな法的措置を予め講じておかなかった場合はどうかといへば、法の混乱と物理的混乱が生じるだけのことであり、法的無秩序を収拾するのは何らかの「力」であるに決まってゐるから、結局その「力」に屈するほかはなくなる。それが怖いからとて、精密な非常事態法を制定しておけば、又それが動乱を誘発することにもなりかねない。すべて痛し痒しである。

なほ、司法権の問題について、非常事態における、軍刑法と一般刑法との関係の問題が出てくるが、新憲法の法理念が、行政裁判所・軍法会議等、一切の特殊裁判所の存在をも、又特殊社会内の別個の法規制（たとへば軍法会議）をも、許容しない立場に立ってゐるので、問題は別個の観点から論じ直されなければならない。

それは軍隊と軍刑法との関係が、本質的なものなりや、単に歴史的なものなりや、といふ問題であって、これについては別に考究されねばならない。

食べ物の恨みは……

昭和四五年三月八日から滝ヶ原駐屯地で一週間にわたり、レンジャー訓練が行われた。レンジャー訓練とは自衛隊の訓練のなかでも最も過酷なもので、この課程に合格することは自衛隊員にとって最大の名誉とされている。三月の御殿場はまだ雪が三〇センチほど積っていて、一面の銀世界だった。参加会員は三十数名だったが、隊長には四期生ながら上智大学野球部の井上豊夫君が指名された。彼は優男《やさおとこ》だったが剣道も強く、先生と手合わせもしていた（同じ滝ヶ原では第五期生たちが四週間の訓練中だった）。

以下は井上君の体験談である。

三月一二日、その日は昼食抜きが伝えられ、空腹状態での行軍がはじまった。出発前に持ち物検査があり、隠し持っていた食べ物はすべて没収された。空腹を抱えながら地図とコンパスだけを頼りに道なき山の雑木林をひたすら進んだ。途中で教官から夕食抜きが告げられた。一睡もせず、翌朝、やっと三国峠に到着。何か食事をと期待したが、与えられたのは水のように薄いスープのみ。ここで二名の会員が疲労のため歩行不能になって脱落した。このとき、会員の間から「自衛隊はなぜこんなつらいことを我々に強いるのか」と

雪の滝ヶ原駐屯地で、左は高橋富男氏

の恨みのこもった声が漏れてきた。空腹が極限に達している会員たちの鼻先で、教官たちはこれ見よがしにお握りをほおばって見せた。さらに午後も歩き続け、ようやく教官と助手から生きた鶏を一人一人に手渡された。あまりの空腹に鶏の毛をむしり取り、火にあぶってそれをむさぼったところで、訓練は終了した——。

先生はこの訓練に同行し、会員たちが苦しみながら行軍する姿を見守った。

翌日、先生は会員たちを隊内の講堂に集め、レンジャー訓練の感想と自衛隊に対する要望を書き、最後に短歌を一首添えるように命じた。井上君は、「国民に媚びる自衛隊ではなく、強い自衛隊になってほしい」

と書いたあとに、「教官、助教に対して」と題し、

我が前で、見せびらかして、食べし君、今に見ておれ、胃ガンになるぞ

と詠んだ。

この歌は先生の印象に最も強く残ったようで、三カ月後の滝ヶ原のリフレッシャー訓練の前に、滝ヶ原駐屯地司令（一佐）に挨拶した際、井上君を呼び、「彼が井上です。三月のレンジャー訓練終了後に彼の作った和歌は、現代で万葉集を編纂するなら必ず入選するものです」と紹介したという。

この六月の訓練では実弾射撃のあと、爆弾についてのレクチャーがあり、爆弾訓練も実施されたという。爆弾の設置方法などを書いたマニュアルも自衛隊から渡されたが、過激派以外の団体にも破壊活動防止法を適用すると報道された際にすべて焼却したらしい。彼は、「あのとき自衛隊幹部の協力があれば、クーデターは実行に移されていたと思います」と述懐している。

討論・維新憲法

先生が自決する直前の昭和四五年一〇月、憲法研究会は「天皇に関する規定」「国防に関する規定」、この二章を完成させ、一一月からは第三の問題提起に対する「非常事態に関する規定」についての検討に入った。

一一月二五日の水曜日も、会員が集まり、討議することになっていた。

だが、この日、先生が自刃するという衝撃的な事件が起きた。

古賀氏と小賀氏の二人は、「憲法研究会」の熱心な会員であった。先生の死後、つらい日々が続いたが、先生の意志を継ぐことを何よりも熱望する我々は、悲しみに耐えて作業を続け、翌年二月、ようやく完成させた。討議した内容が、四〇〇字詰原稿用紙二五〇枚に「維新法案序」としてまとめられたのだった。

草案は、「楯の会」一期生であり、憲法研究班長であった阿部氏が保管することになった。彼は先生の熱い思いが込められたものを、いつまでも死蔵しておいてよいものか悩んだ。彼は生前、次のように草案への思いを書き遺している。

「途中（三島）隊長と（森田）学生長の自刃があり、さらに『憲法研究会』会員のなかから二名の蹶起参加者が出たこともありまして、我々が作成した憲法改正案には『血』が流れているのが特徴であると言っていいかも知れません」

しかし、彼は無念にも病に倒れ、秘蔵していたこの草案を私に託すと、若き命を失ってしまった。

その後、憲法案は、憲法改正など荒唐無稽であるとする当時の風潮そのままに忘れ去られてしまった。

それから五〇年、幸いなことに、人々の、三島由紀夫に対する意識にも、変化が現われつつある。

前述したように我々が討議した内容は原稿用紙二五〇枚に及ぶ。

したがってすべてを掲載することはできない。このため、討議の一部を収録した。

（この日の討議には研究会員全員、それに先生と森田学生長も出席していた）

阿部　それでは、最も大切だと思われる第一条から第四条までが決まりましたので読み上げておきましょう。

第一条、「天皇は国体である」。

第二条、「天皇は神聖である」。

第三条、「天皇は神勅を奉じ祭祀を司る」。

第四条、「皇位は世襲である」ということですね。

浅野　天皇の本質についてはこれでいいと思うんだが、天皇が政治にどう関わり合うか、機能ということだが、これはどうするのか。第一章に本質論と並列的に規定していくのか。

篠原　第一条から第四条までは天皇なり国体そのものの規定ということで、第五条以降はそういうものの現実の政治への関わり、つまり「天皇制」を規定していくということでいいんじゃないですか。

阿部　そうだね。それでは早速いきますが、
第五条は「天皇は皇国議会を設置する」。

第六条は「天皇は皇国内閣を設置する」。

第七条は「天皇は皇国裁判所を設置する」。

本多　皇国議会というのはいいね。

石井　三つまとめてみたらどうですかね。「天皇は皇国議会・皇国内閣及び皇国裁判所を設置する」という具合に。

阿部　うん、そんなところだろうね。一応これを暫定案としておきましょうか。

石井　それから「天皇は臣民のために次のことを行う」ということで四つか五つ提案されていたけれど、

（一）戒厳令を発する。

（二）勅令を発する。

（三）栄典を下賜する。

（四）憲法改正・法律・政令及び条約を公布する。

これだけは是非入れておいた方がいいですね。

（中略）

浅野　ここで、国軍と天皇、国軍と顧問院、議会、内閣の関係をはっきりしておこう。

阿部　シビリアンコントロールが基本ですね。

浅野　そうだ。「天皇は国軍の栄誉の源である」「顧問院は国軍を統御する」「天皇は皇国議会・皇国内閣・皇国裁判所を設置する」までは決定している。顧問院が議会の決議に対して、審議権・拒否権を持つか否か、顧問院の構成および国軍統御以外の機能はどうなのかということは決まっていない。そこで次の図表（A案）を見てもらいたいと思うんだ。

この案の発想というのは、現在はいわゆる政体だけに力点がおかれていて、そういう観点からのみ政治というものを捉えるから、どうしても外来の政治制度を真似るしかない。たしかに政体は大事ではあるが、それは政治力学や政治権力の面から論じればいい。今何がもっとも問題なのかというと、国体というものがないがしろにされているということなんだ。国体を守るための政治上の政策、制度というものが今必要なわけだ。軍隊が守ればいいじゃないかという意見もあるかもしれないが、そうすると統帥権などの問題がでてきて色々難しいことが起こるんで、顧問院がシビリアンとして責任を負うということにしたい。

この顧問院が政体と衝突する場合があっても、いちいち動かないでホットラインが鳴るまでじっとしている。そうしないと、われわれが目指すようなことは実現しないと思う。顧問院が審議権・拒否権などという形で政治に頭を突っ込むと、泥に塗れてしまうんじゃないか。われわれが勝負するのは、そんなものじゃないんだ。国体を護持する機関が一本びしっとあるようにするということなんだ。

阿部　異存はないんだが、われわれが言論の自由や議会制民主主義を認めるという立場で考えると、その案では多少の不安を覚える。議会に対して何もかも審議権・拒否権を発動することは考えていないが、言論と思想の自由や議会主義を認める以上、社会党や共産党が樹立する民主連合政府が国体を危険にさらし、侵食することは常に考えられる。民主連合政府が成立したのちに軍が出動したのでは、後手に回るおそれもあるから、そうならないように審議権・拒否権ぐらいは顧問院に与えておいた方がいいと思います。

それと顧問院の構成について、前にちょっと喋りましたが、国防部会というのは陸海空それぞれの指導部によって統制される国軍をさらに指導する役割を担います。具体的には大東亜戦争のような対外戦争が想定されるわけですが、顧問院は経済部会、教育部会などを国防部会に結集して最高戦争指導会議を構成させます。

軍が出動するまでもない国内の騒ぎに対しては民兵組織でいいでしょう。これは三島先生が昭和四二年に発表された「祖国防衛隊構想」を実施させればいいと思います。私の案も図表にしてB案としました。

大崎　それでは両案について意見をだしていただきたい。

小賀　いざという時の顧問院にするA案の方が、権力の配分という見地から妥当ではないでしょうか。

石井　平常はあるかないか分からないが、月光仮面のように急に現われるのが面白いじゃないですか（笑）。

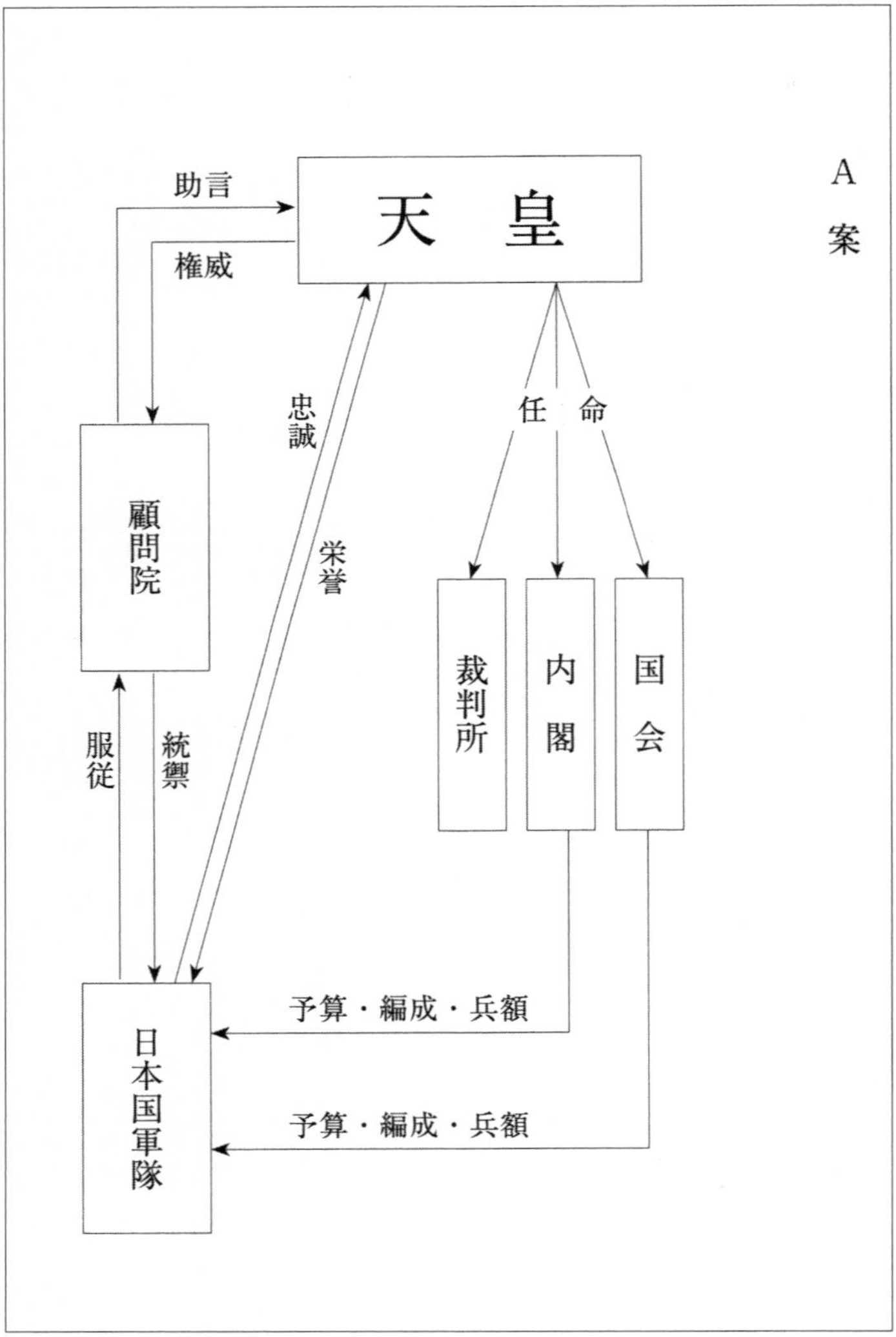
A案
天皇
助言
権威
忠誠
栄誉
任命
顧問院
裁判所
内閣
国会
服従
統禦
日本国軍隊
予算・編成・兵額
予算・編成・兵額

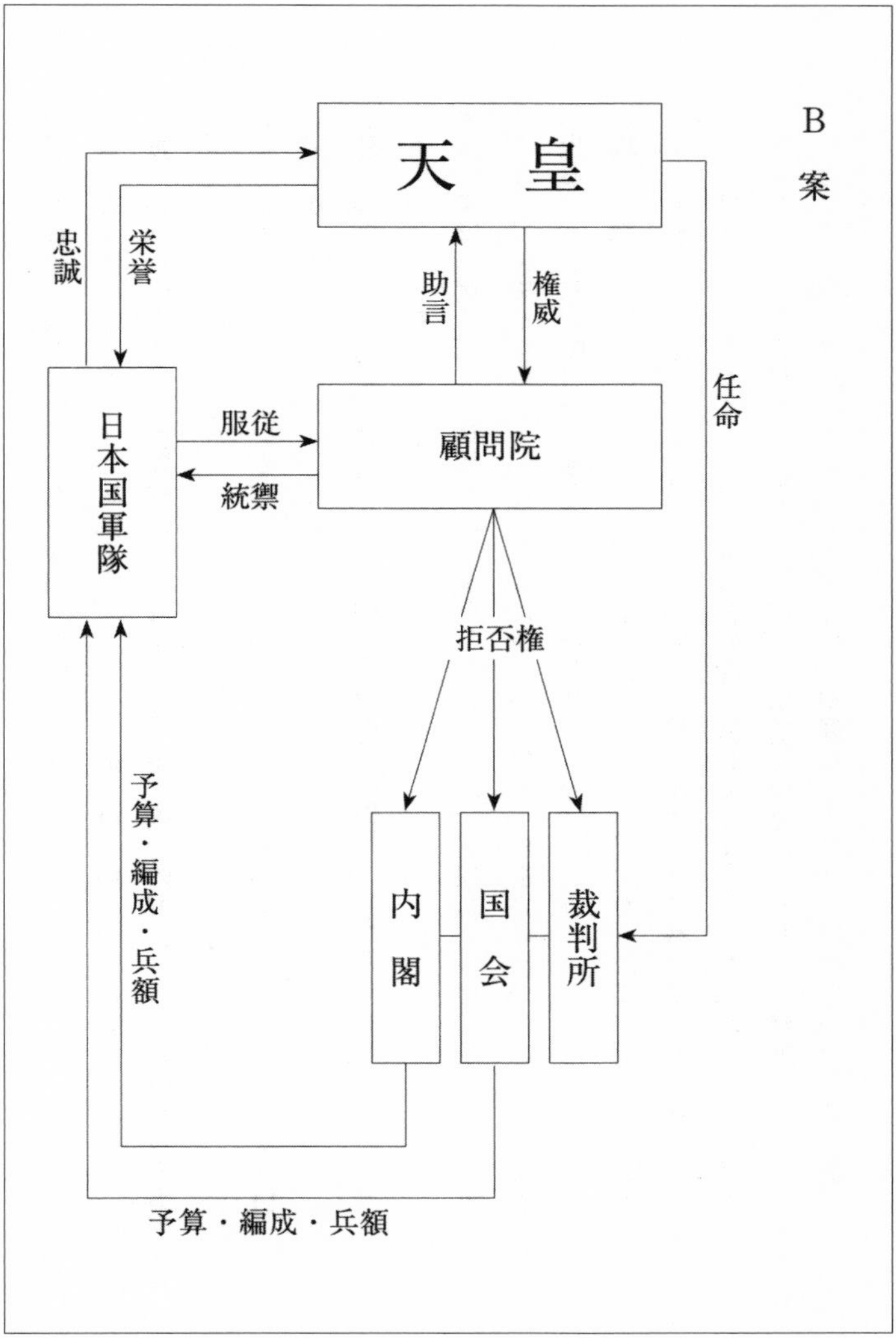
B案
天皇
忠誠
栄誉
助言
権威
任命
日本国軍隊
服従
統禦
顧問院
拒否権
予算・編成・兵額
内閣
国会
裁判所
予算・編成・兵額

古川　顧問院は「国軍を統禦」し、「国体護持の最高機関である」わけですから、どちらの案でもいいんじゃないですか。

本多　僕はB案を採る。政体がふらふらしているのに、静観していて最後にさっとでるではよくない。国軍を統御しているだけでは危ないと思う。硬軟両方を使って、まずは軟らかな態度にでるが、それで駄目なら強く抑えるといったシステムの方がいい。

大崎　A案に賛成したい。以前から森田学生長も言っていましたが、法律で国体を守るという発想自体がおかしいと思う。顧問院という極めて純粋な国体の護持機関が、審議権や拒否権を使って政体に発言するとなると、何となく世俗の泥に塗れてしまうような気がします。せっかく国体を守るという崇高な目的で設置されたのに、法的に政体に口出しする機能を有して、条約の締結などに文句を付けたのでは、その意味合いが薄れてしまうのではないでしょうか。

佐々木　無理にどちらかを選べ、ということならB案にします。顧問院は国体護持の最高機関ですが、国体が侵されたと顧問院が判断した時は実はもう手遅れなんです。ですから審議権や拒否権はどしどし使うべきです。いくら顧問院が大御心を体しているといっても、国体が瀕するまで何もしないというのでは、大御心が何だか人々は分からずじまいでしょう。審議権や拒否権を天皇の意志として行使すれば、天皇の御精神があまねく人民に伝わり、政体も迂闊なことはできない。

阿部　学生長はいかがですか。

森田　まあ、気楽にやって下さい。聞いていますから（笑）。

山田　B案がいいでしょう。A案だと普段は姿を隠していて、ぱっと現われるから忍者みたいでかっこいいが、時々いるかいないか存在を示してもらわないと困ります（笑）。

我々は議会制民主主義を消極的に認めますが、なぜ消極的かといえば、それ以上のものがないから、です。議会制民主主義が絶対だと思うのは錯覚であって、多数で決定されたことでも、常に正しいとは限らないし、ことにわが国の歴史、伝統にそぐわない決定には顧問院が目を光らせ、政体を正しい方向に導く努力をして欲しいと思うわけです。

その都度、警告を発したり審議権・拒否権を発動して、政体が間違った方向に走らないよう注意を払ってもらいたい。

阿部　このままでは平行線を辿るしかないので、議長の権限でとにかく先に進むことにしましょうか。

本多　賛成です。

阿部　それでは顧問院の構成については、すでに触れたのでその機能について、具体的に軍や行政府との関係、文民統制や戒厳令について述べていただきたい。

三島　Ａ案では顧問院は、戒厳令の時でも動かないわけだろ。つまり戒厳令をやるのは顧問院だね。

　非常時つまり議会・内閣・裁判所が機能を発揮しない時、顧問院が代行するわけだね。行政機関として、そうだね。顧問院というのはふだんから、まあ歯止めみたいなもので、軍隊がクーデターを起こしそうになっても、行政権と行政権のみならず三権を代行する、何というか、スペアタイヤみたいなもんだね。タイヤがみなパンクした場合の……。スペアタイヤが一つあるということ……。

阿部　時間的に取り換える？

三島　そう、時間的に取り換える。それから僕に理解できない矢印があるんだが、裁判所と軍隊の関係なんだけどね。どっち側にも裁判所のところへ矢印が引いてあるじゃない。そんとところを説明してください。

阿部　これは軍法と一般の法律との抵触ということなんです。

三島　じゃあ、矢印ではないね（図から矢印を削除）。それは管轄の問題だ。裁判権は管轄の問題だから、矢印じゃあないね。軍隊の中の軍法会議とだね、一般裁判所との間には管轄が含みあう場合がある。それでね、そういう場合には裁判の管轄ということで、ちゃんと規範を設けてどっちに属すのか決めておかなければならない。日本でね、アメリカの軍人と日本人の間に殺人事件があった場合のね。裁判権の管轄の問題なんだよ。その管轄の問題と指揮命令系統との問題とは違うから、矢印はちょっと違うんじゃないかと思う。

大崎　ただ、矢印が必ずしも指揮命令系統を意味してるんじゃないんで、軍人も民間では一般の法や規則の適用を受けるんだという意味で……。

三島　その場合には矢印が両方についていなけりゃならないわけだね。いわば電気の交流みたいなもんだからね。

大崎　内閣と議会から軍隊へ引かれた矢印は、予算面でコントロールするという意味があります。

三島　はい、それでシビリアンコントロールということについては……。

大崎　顧問院はロイヤリティー（忠誠心）、議会および内閣が予算などにおいて……。

三島　しかし、議会は直接には軍隊には接触しないわけでしょう。内閣を通じて接触するわけですね。

シビリアンコントロールというのはね、軍政と軍令を分けてだね、軍政の面だけコントロールするのがシビリアンコントロールの原型なんだね。今現在の日本のシビリアンコントロールというのは、軍令面まで立ち入っちゃっているわけだろ。

それを今論理的に明解にするには、内閣は予算審議の上で軍隊をコントロールするということ、これは軍政面だね、明らかに。

そこで顧問院はどこまでタッチするわけですか。予算面でコントロールして、で今度はだね、顧問院が軍令面までコントロールし得るかどうか。

浅野 それは、例えば軍の裁判所なりが、軍令について判断する……。

三島 いや、顧問院のコントロールの態様……。つまり、軍令に関してどの程度コントロールするか。例えば顧問院がだね、師団長とは違った命令を出してだね、あっちへ行ってはいけないとか。

阿部 顧問院には卓抜した戦略家を入れておく。それに連絡、情報交換を密にする。

三島 軍を主体にして考えると、二重のチェックを受けることになるわけだろう。まあ僕が簡単に考えると、軍政は内閣がコントロールし、軍令ですら顧問院からチェックを受けるわけでしょう。ごくきついシビリアンコントロールになるわけね。

顧問院というのは大変なもんなんだね。昔はそういった干与を受けないために、つまり統帥権独立ということを重大視したんだよね。

木原　顧問院と行政府の関係についても、触れておきましょう。

A案では一般の行政には顧問院はタッチしないが、ぎりぎりの、例えば天皇制を廃止するとか、そういった国体を否認する挙に政体が出た場合、顧問院が軍を動かしてクーデターでひっくり返すことになります。B案では国会で可決された法案であっても、国体の尊厳を侵すようなものは拒否権を発動して廃案にすることができます。

三島　軍隊の責任を免除して顧問院がかぶってやる……。

まあ軍隊は実力部隊だからね。それに比べて、顧問院というのは実際の武器を持つわけじゃないし……。ひっくり返されるおそれがある。皆殺しにされちゃうおそれがあるんじゃないかな。

仲山　戦前には顧問院のようなものがなくて、内閣は軍部をコントロールしたつもりでいたが、実際には軍の独走を招いてしまった。

三島　そうだね。

仲山　そういう軍の独走をセーブするために顧問院というものを構想したんですが……。

三島　顧問院と軍隊が完全に直結しちゃう以外に、顧問院というのは力を持ち得ないわけだね。A案みたいにクーデターをいつでも起こせるくらい顧問院にロイヤリティーがなければ、実際には顧問院は力を発揮できない。

木原　両案とも退役か現役の軍人が、顧問院には配置されることになりますが、すわクーデターという時、軍事の専門家がいなくて可能でしょうか。

三島　実際問題として不可能だろうね。

しかし、結局その中でそういう人間が力を持つことになっちゃうね。入れないと力を持ち得ないから、あいつら素人の言うことを職業軍人が聞けるかということになっちゃう。

本多　実際問題として、クーデターは軍隊しか起こせないんじゃないのかな。つまり顧問院の命令だけで内閣や議会を倒すのは、不可能じゃないかと思うんです。戒厳は顧問院の命令でできても、クーデターを起こさせるのは容易なことではない。

三島　それは君の言う通りなんだね。戦前もクーデターというのは、君側の奸を斬るということだったわけで、顧問院というのは一番君側の奸になり得るわけだ。軍隊はクーデターを起こせば、まず最初に顧問院を狙うことになるだろうね。転覆して統帥権の独立を確立しようということになる。

阿部　顧問院の構成員は、君側の奸ではなく私利私欲のない人を選ぶようにしなけりゃならないわけですよ。

三島　なるほど（笑）、統帥権独立というのはうまくできた制度なんだね、逆に言えばだね。つまり、軍隊の忠誠は疑いないということが前提なわけだ。建前としてはね。

内閣の忠誠というのは、あるいは疑いがあるかも知れない。疑いのない奴が、疑いのある奴をひっくり返すというわけだ。

それはある意味で、軍人にとっては都合がいいのと同時に、うまくできた制度なんだろうね。

中間にチェック機関を置くというところで、チェックする天皇の問題が出てくるね。

石井　そうなんです。

三島　ごく精神的な、無力な、そして国民が尊敬を払い、無視できない、そういうものが顧問院なのかな。職能代表制の政治みたいにしたって、思想的な問題があるからね。社会党の知事さんなんかが入ってきたら困っちゃう（笑）。

石井　A案ですと、国体を侵食するような内閣が成立する可能性があるわけですが……。

三島　A案は単刀直入のシステムで、もう一つの場合は過程で何かができるという……。

俺の考えだと、君らは今の参議院というものを信用していないわけだね。

参議院ないし外国では上院だけど、君たちの顧問院というのは上院が理想的にいった場合を想定しているわけだね。

木原 参議院は廃止です。一院制にしようということです。

三島 いわゆるその上院というものの機能をはっきりさせるということ……。

仲山 B案では、美濃部さんは最初から都知事になれない。A案の場合は、なるならならせておくが、あとでばっさりということもある。言論の自由などある程度は許されるわけです。

三島 結局、理想的な上院にするということ、上院を三権分立の上におくということでしょう。

アメリカの場合は非常に強いね。アメリカの大統領はほとんど統帥権独立の力を持っている。

木原 共和制国家では必然的に権力の集中があるようですね。

三島 あるね。だから佐藤みたいにああなっちゃうと多分に共和制的になっているわけだね。

本多　国民に支持された総理大臣と顧問院の見解が対立した時、顧問院が簡単に軍隊を動かしていいのか。そのへんの基準がむずかしい。

三島　この問題はだね……。

顧問院というものは、国家理性というロゴスを代表するものであるかというと、そうではないということなんだね。日本の場合はね、それが一番の問題なんだ。

日本の政治制度はね、ギリシャの民主主義みたいに、つまり国家の本質がロゴスの上に成り立つものであれば、顧問院なり、ギリシャ元老院なり、そういう制度を守るというのが、とりもなおさずロゴスの内容なわけだ。

ところが、むしろ日本ではロゴスは下の行政機構の方にある。そして、エートスが上にある。顧問院というのは国家理性を代表するものじゃなくて、国家のエモーションを代表するものだと……。日本の国体からいうとね。

それだもんで、こういうところに放りこむとだね、むずかしくなっちゃうね、非常に。それが前から言っている国体の問題とのつながりだね。政治哲学的に言って、一番下のものが一番上にきちゃうんだ。日本の天皇制の特徴だね。おそらく下の方から国家理性を突き上げていくと、上の方から国家エモーショナルで押さえ付けるということになるわけでしょう。

おそらく、顧問院というのは最高裁判所の憲法審査権と上院の拒否権というものを吸収している形になるわけでしょ、どちらかというと……。

最高裁判所の憲法審査権というのは、事実上無効になっているでしょ。裁判所が政治問題にタッチしないという形で、憲法の審議をやらないんだね。違憲というような問題が起きた場合には、最高裁は横向いちゃうでしょう。

ちゃんとした国体護持の憲法ができた場合には、どっかで最高裁以上のものを……。

まあ、だけど顧問院構想というのは面白いじゃないか（笑）。

阿部　先生はどちらの案がいいとお思いですか。

三島　俺には決定権はないんじゃないのか（笑）。

そういう約束だったんじゃないのか（笑）。

まあ、どちらかといえば、A案がしっくりくるなあ。

阿部　会員の意見もA案に傾いているようなので、それではA案を採用したいと思います。

阿部　それでは次に、第三の問題提起・非常事態法について先生に説明をお願いします。

三島　これはただ読んでもらえればそれでいいんだがね。

不思議にね、この非常事態法というのは人の気をそそるんだね。神兵隊事件なんかを見ていると、「戒厳令、戒厳令」と言っているんだね。

非常事態法というのは、近代の法理念に真っ向から反するようなものを内包しているわけでしょ。所有権の停止とか、その他……。そういうものは今じゃ、おそろしくて口にもだせないわけだね。だけど、緊急事態の際、所有権が制限をうけるということも、常識では分かっているわけですよね。

ここで問題になるのは、以前の戒厳令のように太政官布告のように詳しく規定すべきか。あるいは行政戒厳だけを規定しておいて、行政戒厳でない本当の戒厳というのは、占領地域とか、軍が一時的に占領している地域、これは外国でなんだけど、そういう地域の住民をコントロールする場合に使うか、ということなんだね。日本が外国を侵略しなければ、外地の戒厳令なんか考えなくてもいいわけだね。

日本の内部じゃ、内戦なんて場合でも行政戒厳でいいんじゃないの。そうすれば、徹底的な人権の侵害なんかも起こらなくてすむわけだ。二・二六の時なんか「戒厳令、戒厳令」なんて騒いだけれど、ぞろぞろ様子を見にいった奴もいればだね、別に交通が途絶えたわけでもないんだからね。夜間交通禁止なんていうものは、戒厳令がなくたってできるわけなんだから……。韓国なんか、未だに夜間交通禁止なんだからね。

阿部　それを法律として作っておくかどうか……。

三島　そこが問題なんだよ。法律を作っておくべきかどうかということね。僕は全体の問題提起の中で、ここが一番重要なキーポイントだと思うんだよ。というのはね、戦前はああいうふうに緊急勅令をやりながら、戒厳令というのはほとんど創設しなかったんだよ。十四条（＊大日本帝国憲法）には、「法律を以て之を定む」と書いてあるんだからね。せっかく書いてあったんだけどね……。

我々の法案ではね、戒厳令というものの法的基盤を作ってね、戒厳法というものを作った方が、本来はいいんだろうということなんでしょうね。

今までみたいに、勅令で処理して、戒厳令で処理しないでいくかどうか、皆の意見はどうなの？

本多　勅令で処理するという意見は、非常に少ないようです。

三島　まず権利主体は……。

阿部　天皇ということになるでしょう。

三島　これは国際問題ではなくて、全く国内問題と考えるべきなんで、天皇の大権としても問題なんじゃないの。

それからもう一つ大きな問題は、軍隊と軍刑法の関連で司法権のことなんだね。このことについては、僕もよく分からないんだが、よく考えていて欲しいと思うんだ。

木原　戒厳令下では軍刑法で裁かれる……。

三島　立入禁止区域に立ち入った場合は、軍刑法で処罰される。うん、そういったことを含めてだね。

石井　戒厳令の主体のことなんですが、内乱か単なる騒擾かを区別する場合、高度な判断が必要になるわけですが、そういう判断については顧問院に任せたらいかがでしょうか。

三島　君、時間的余裕がないよ。

石井　でも内乱か騒擾が起きた時、情報は少し前から入るんじゃないでしょうか。

三島　そういう場合だといいけど、実はそうばかりではないんだよね。

木原　旧憲法の十四条は「天皇は戒厳を宣告す」となっていて、権利主体は天皇になっているけれども、明治一五年の布告三十六号の戒厳令で、軍隊や艦隊の司令官に戒厳の宣告を許しているわけですね。そうすると、交通の遮断といった障害があった時、天皇に事態の報告ができないこともある。

三島　外地を含んでいるんだね。

木原　戒厳宣告後のシステムだけど、宣告はするが実際の機能は軍の司令官に与えるというように、宣告後は変わるわけですね。

三島　変わるわけだ。戒厳司令官は天皇だよ。

でも、あとからチェックされるおそれがあるんだね。まあ、民法だったらね、「善意の管理者の注意を以てす」ということなんで、管理者には当然期待される管理責任があって、非常識な管理をされたら困るわけでしょ。戒厳司令官が東京を焼け野原にして返すんじゃ困るわけだ。善良な管理者でなけりゃ困るね。

越権行為と不当行為ね。ある規定内なら何をしてもいいということを決めるんだね。

木原　共和制の国では、大統領が戒厳を宣告し、宣告後も大統領が軍隊を動かします。軍の最高司令官は大統領だから、宣告と執行する人物が同じなんです。

三島　言うことはよく分かるんだが、太政官布告の中で言っているのはそんなことではないんだよ。

つまり、現実の事態として日本が蒙古の果てを占領したとするでしょ。そこで馬賊かなんかの反乱が起きたとする。そこの住民はわれわれの味方であるとする。そうすると、早く一定の区域の町や村に戒厳令を布かなければ大変になる。中央へ連絡する暇はないんだ。その時は事務連絡でいいから、軍司令官がぱっと戒厳令を布く。そのための戒厳令なんだから。

どこでも起こり得るんだよ。大都市だとは限らないんだよ。日本が共和制であっても、大統領がそこへ赴いてやることはないんだよ。膝下は別としてね。

阿部　それでは、われわれの条文は、旧憲法を踏襲して「天皇は戒厳を宣告す」をそのまま採用しましょう。

仲山　非常事態宣言は天皇がおやりになるとして、軍司令官に機能の集中があるわけですよね。そうすると顧問院が、宙に浮く感じがしますが。

三島　非常事態というのは、法機能が麻痺して力によって収拾して治安を回復しようということでしょ。その収拾過程には何が起こるか分からない。

結局は力は正当なり、ということになる。

石井　戒厳令下では憲法は停止されるのだから、非常事態法を憲法に規定してもあまり意味がないように思えますが……。

三島　それが非常事態の持つパラドックスなんだよ。

石井　憲法は停止になるんだから、憲法に決めても効果はないのでは。

三島　規定してもしなくても同じかもしれないが、やっぱり書いておいた方がよいということなんだよ。

小賀　心理的な効果があるということでしょうか。

三島　首でも刎ねられたら大変、そういう心配がないように……。

つまり、非常事態法というのは非常事態のためではなく、平時のためにあるんだね。

阿部　天皇が宣告することについては決まりましたが、さきほど話があった軍と顧問院の指揮や命令の範囲についてはどうしましょう。

三島　天皇に帰属させればね、第十四条をモディファイして、戒厳の要件効力は法律を以てこれを定めると。

石井　軍司令官の任免については……。

三島　免まで決めるとね、ごたごたしてくる。内閣ががたがた言いだしてくる。

阿部　外国では戒厳法はどのようになっていますか。

木原　まず韓国では、いわゆる戒厳法の条文は五項に分類されています。

第一項は「大統領は戦時事変又はこれに準ずる国家非常事態に際し兵力によって軍事上

必要又は公共の安寧秩序を維持するため、法律の定めるところにより、戒厳を宣告することができる」となっています。

第二項以下は「戒厳は非常戒厳及び警備戒厳とする」「戒厳が宣布された時は法律の定めるところにより、言論出版集会及び結社の自由ならびに政府又は裁判所の権限に関し、特別の処置を取ることができる」「戒厳を宣告した時は、大統領は遅滞なく国会に通告しなければならない」「国会が戒厳の解除を要求した時は大統領はこれを解除しなければならない」となっています。

阿部　日本の旧憲法との違いは何でしょう。

木原　ほとんど同じですね。次にフランスですが、「フランスは戒厳の宣告により、権利の保障に関し、成文法律上の規定の適用停止を認める」とあって、戒厳を二種に分けています。一つは現実的戒厳と呼ばれ、「要塞又は兵営所在地において戒厳の宣告せられたる時」と、もう一つは擬制的戒厳と呼ばれ、そうではない場所で戒厳が宣告された場合です。前者は軍司令官が宣言権を有しますが、後者の宣言権は国会にあるのが原則で、議会閉会中は大統領が内閣の議決を経て戒厳を宣告するということになっています。

石井　なるほど、各国によって違いますね。天皇がお一人で御判断なさって戒厳を宣告されるというのでは、さまざまな問題を生じることになりませんか。

阿部　逡巡されたりする……。

石井　そうですね。

木原　その問題は誰がやっても起きるでしょう。宣告するかしないか、とてもむずかしいことなんだから。

阿部　宣告するか否かは、いくら緊急といえども顧問院の意見とか助言は必要だと思う。形式的には天皇だが、実際には顧問院会議の議長が決定し、天皇が表明するということでしょう。

川戸　顧問院は常設ですか。

阿部　そうだよ。

大崎　「天皇は戒厳を宣告す。要件及び効力は法律で之れを定める」でいいと思います。

古川　解除についても触れておいた方がいい。

浅野　そうだね。顧問院についての条文にもう一条追加して、「顧問院は戒厳の宣告後、二日以内に会議を召集し、戒厳の継続及び解除を決定する」としたらどうだろう。

阿部　そうしましょう。賛成です。

三島　皆は徴兵制には賛成なの、どうなの？

大崎　反対です。

三島　うん、そうかね。僕も反対なんだ。僕は軍隊のイデオロギー色が、将来に向かってだんだん強くなるにつれて、徴兵制は無意味になると思うんだ。

大崎　軍隊内部に仮面をした左翼が入ってくる。

三島　そう。イデオロギー戦の時代になったら、徴兵制は無意味になる。総力戦ができなくなる。

核があるから総力戦ができなくなるということ、それと関係してくるんだね。軍隊が総力戦を唱えながら、実は総力戦ができない。そういう核兵器のあるこれからの時代にだね、軍隊というのは非常にセレクトされた専門家集団になるんだからね。そういった場合、つまり徴兵制という形での軍隊が必要なのかということなんだね。

川戸　しかし、軍隊のスピリットというものを学ばせるために、徴兵までいかなくても何らかの手段は必要だと思います。

三島　それは韓国がそうなんでね。民兵は半強制的なんだね。それでも、いやいやながらやらされる。

下山　募兵制だけでは兵員数が足らなくなるということになりませんか。

三島　あれは募集のしかたが悪いんでね。もっといろんな制度が考えられるわけですね。例えばあらゆる職種に応じて、軍事的にバラエティーを持たせるとか、いろいろあるわけだ。

（以下略）

第六章　決起

先生を裏切った者

先生が最後までその可能性を求め続けた「クーデター計画」を阻んだ者がいる。それは誰か。

第一は自衛隊である。すでに述べてきたように、自衛隊上層部は一度は先生の、治安出動の際に「楯の会」を前衛として協力させるという構想に賛意を示しながら、最終的には自分たちが事件に巻き込まれるのを恐れ、先生を見捨ててしまった。二階に先生を上げておいて梯子を外したと言われても仕方なかろう。

第二は警察である。昭和四四年一〇月二一日、新左翼各派は、かつてない盛り上がりのなかで機動隊に戦いを挑んだが、機動隊は一年前の国際反戦デーのときよりはるかに強大だった。前年に騒乱罪を適用して以来、訓練を積み増強された機動隊の前に、全共闘は至る所で撃破、粉砕された。この時点で、マスコミによって盛んに喧伝されていた自衛隊による治安出動は幻と化した、と言えよう。

そして第三はほかならぬ「情勢」である。その頃、極左暴力集団は、ベトナム戦争を契機とした反戦・反米ムードや学内闘争から派生した反体制気運の高まりを背景に、昭和四五年の日米安保条約の改定に照準を合わせ、過激な闘争を繰り広げていた。しかしあまりの過激さゆえに、それまで同調していた学生や労働者の支持は急速に失われ、彼らは次第に社会的に孤立しつつあった。つまりクーデターへの機運が遠ざかってしまったのだ。それでも先生は治安出動はあり得ると考えていたらしいが、私自身、いや会員のほとんどが、どのような形であるにせよ、これから「楯の会」がクーデターを起こすことになるという実感を、どうしても得られなかったのである。

機動隊を視察する先生

今振り返ってみれば、先生はこの一〇・二一闘争を、挫折と死を前提に闘っていたのではないかと思えてならない。それでも敗戦・占領の屈辱を晴らし、日本民族の魂を復活させることを夢見ていた先生は、可能性がゼロになるまであきらめなかった。あきらめの色を見せて我々会員の志気を喪失させてしまう愚を知っていたからである。

果たし得ていない約束

昭和四五年七月七日付け産経新聞に先生は、「果たし得ていない約束――私の中の二十五年」と題した一文を発表した。この文章は先生の実質的な遺言としての意味合いを持ち、四カ月後の「檄」と並び引用されることの多い評論である。

ちなみに九年の長きにわたって政権を担当した安倍晋三氏もこの論文を読んだらしく、自身の「メルマガ」で次のように書いている。

「吉田松陰が処刑されたのは一一月二五日です。この日を選んだかどうかは議論のあるところですが、同じ日に三島由紀夫が市ヶ谷の陸上自衛隊で自決しました。彼はその年の七月七日付けの産経新聞に『私の中の二十五年』という論文を寄せ、将来の日本の姿を予言していています……この予言があたっていたかどうかではなく、二一世紀の日本をどうするか議論していきたいと思います」

先生の自決の日はたまたま吉田松陰の命日にあたっていて、そこに長州人的心情を持つ安倍氏が何らかの象徴的意味を感じたのであろう。しかし、なぜ一一月二五日なのかについては諸説あって、生き残った三人にも、分からないという。いずれにせよ、今も安倍氏の心中に三島由紀夫が生き続けていることだけは確かなようである。

その頃世間は三月にはじまった大阪万博に酔いしれていた。岡本太郎作の「太陽の塔」が経済大国ニッポンの象徴のようにそびえ、人々は高度成長の恩恵に浸りきっていた。その傍らで、先生はひとり立ち尽くし、そんな世の中を冷やかな眼で眺めていたのである。

以下にこの論文を再録する。

「私の中の二十五年間を考えると、その空虚さに今さらびっくりする。私はほとんど『生きた』とはいえない。鼻をつまみながら通りすぎたのだ。二十五年前に私が憎んだものは、多少形を変えはしたが、今もあいかわらずしぶとく生き永らえている。

生き永らえているどころか、おどろくべき繁殖力で日本中に完全に浸透してしまった。それは戦後民主主義とそこから生じる偽善というおそるべきバチルスである。こんな偽善と詐術は、アメリカの占領と共に終わるだろう、と考えていた私はずいぶん甘かった。

おどろくべきことに、日本人は自ら進んで、それを自分の体質とすることを選んだのである。政治も、経済も、社会も、文化ですら。

この二十五年間、認識は私に不幸をしかもたらさなかった。私の幸福はすべて別の源泉から汲まれたものである。なるほど私は小説を書きつづけてきた。しかし作品をいくら積み重ねても、作者にとっては、排泄物を積み重ねたのと同じことである。

気にかかるのは、私がはたして『約束』を果たして来たかということである。否定により、批判により、私は何事かを約束してきた筈だ。

政治家でないから実際的利益を与えて約束を果たすわけではないが、政治家の与えうるよりも、もっともっと大きな、もっともっと重要な約束を私はまだ果たしていないという思いに日夜せめられるのである。

その約束を果たすためなら文学なんかどうでもいい、という考えが時折頭をかすめる。戦後民主主義の時代の二十五年間を、否定しながらそこから利益を得、のうのうと暮らして来たということは、私の久しい心の傷になっている。

私はこの二十五年間に多くの友を得、多くの友を失った。二十五年間に希望を一つ一つ失って、もはや行く着く先が見えてしまったような今日では、その幾多の希望がいかに空疎で、いかに俗悪で、しかも希望に要したエネルギーがいかに厖大であったか唖然とする。

私はこれからの日本に大して希望をつなぐことができない。このまま行ったら『日本』

はなくなってしまうのではないかという感を日ましに深くする。日本はなくなって、その代わりに、無機的な、からっぽな、ニュートラルな、中間色の、富裕な、抜目がない、或る経済大国が極東の一角に残るのであろう。それでもいいと思っている人たちと私は口をきく気にもなれなくなっているのである」

武士の情け……

昭和四五年一〇月二三日、山本氏がいつものように夜七時頃に帰宅すると、玄関からあがるのを待ちかねていたように、山本氏の夫人が声をかけた。

「さっきから何度も三島先生からお電話がありましたよ。『まだ帰宅しておられませんか』とおっしゃって、とてもお急ぎの様子でしたけど……」

この頃、先生からの連絡はほとんど途絶えていたという。山本氏は、「三島さんは俺から離れようとしている」と感じていたところであった。

その三島由紀夫から急な電話——山本氏は電話機に張りつくようにして電話を待った。心は騒ぎ、それまで感じたことのない不安に襲われた……。

ベルが鳴った。受話器を取り、強く耳に押しあてた。

「今夜、ぜひお会いしたい。お話ししたいことがあるんです。これからすぐお伺いしたいが……」

いつになくせき込んだ口調だった。都合など斟酌していられない。とにかくすぐに会いたいのだと、いつもの先生らしからぬ性急さが伝わってきたという。

「分かりました。お待ちしています」

「では、これから出かけます。食事はもう済ませましたので」

こんなときにも先生は、いつものように細《こま》やかな気遣いを忘れなかった。

小一時間ほどして先生は玄関先に、錦袋の日本刀を手に提げて現われた。全身から気迫を漂わせ、応接間へ通る間も黙りこくり、硬い表情を崩さない。

そこへ、手が放せず玄関に出られなかった山本氏の妻が奥から出てきた。そして先生の容易ならぬ姿を見ると上擦《うわず》った声で言った。

「いよいよですね！」

たび重なる自宅での二人の会話をおよそ聞き知っていた夫人は、ついに二人は決起に踏み切ると早合点したのだ。

一瞬山本氏は、夫人の口をふさぎたいと思ったという。

先生は日本刀をソファーの後ろの壁に立てかけ、いつもの座に腰を下ろした。

「三島は俺を斬り、自分も死のうと思ってきたのだろうか？」

その可能性は否定できない。実際、山本氏は今にも「三島に斬られる」と覚悟したという。

息苦しい沈黙が続き、先生は刀を取り出すきっかけをつかめないでいるようだった。

そのとき、夫人がすっと入ってきて言った。

「まあ、こんなところにお刀を」

夫人は静かに刀を手に取ると、応接間のピアノの上に寝かせるように置いた。

「あなた、そろそろ家の刀も研いでおかねばなりませんね」

夫人はそう言いながら酒の支度をしに台所に立った。

「じつは今日、都内の火葬場で『楯の会』の演習をしてきたんです」

不吉な予感が頭をかすめた。この頃すでに山本氏は、クーデターの機会は失われたと判断していた。そこに話題が向かうことで死の淵に誘い込まれる危険を感じた山本氏は、

「もうそんな話はいいでしょう」

と遮った。

山本氏は話を遮ったことを後悔した。訓練になぜわざわざ火葬場を選んだのか、どの自衛官の発案なのかを確かめておくべきだったと思ったが、あとの祭りだった。

話の腰を折られた先生は、もう、何も語ろうとしなかった。

この日、我々は自衛隊員と品川区の桐ヶ谷斎場で最後となる訓練を行っていたのだ。自決のあと、先生が火葬されたのは、この桐ヶ谷斎場だった。

その夜、北海道の知人から送られてきたシシャモがあったので、夫人はそれを手早く料理して、酒の肴を整えた。

あれほどせき込んできながら、話の腰を折られた先生だったが、しかし別にそのことにこだわる様子を見せず話題を転じた。酒を飲み、肴を頬ばりながら、いつものように楽しげに話を交わした。

さっきまでの気持ちの動揺も忘れ、快い酔いを山本氏は感じていた。先生の顔もほんのりと染まり、夜は更けていった。

「私はシシャモが好きなんです」

そんなことを言いながら、先生は出されたシシャモを美味しそうに平らげた。その様子

を見た山本氏が、手をつけていないシシャモの皿を差し出すとそれも、

「それでは頂きます」

と平らげたという。

「あの夜、先生は珍しくお子様の話をされたわね……」

先生が亡くなったのち、夫人はこの夜のことを思い起こして山本氏に言ったが、山本氏は覚えていなかった。二人の間で家庭の話をすることなど、まずなかった。

だが、酔っても決して平静の態度を崩すことのなかった先生が、自分の家庭のことまで話したのだとすれば、やはり普段とは違う何か特別な感慨があったのであろう。

酔いにまかせての会話は、無論、明確な記憶を残してはいないが、突然先生が呟くように言った。

「山本さんは冷たいですな……」

この言葉が、いつまでも山本氏の脳裏に染み込んだ。

この夜以来、山本氏は先生と顔を合わせることはなかった。

このとき、山本氏は玄関から見送り、夫人は通りに出て、その背が見えなくなるまで見送った。

一カ月後、三島由紀夫は決起した。

エピローグ――遺書

まづ第一に、貴兄から、めでたい仲人の依頼を受けて快諾しつゝ、果せなかったことをお詫びせねばなりません。

貴兄の志もよくわかり、貴兄が小生を信任してくれる気持には、感謝の他はありませんでした。それについて、しかし、小生は課長会議の席上、貴兄を面詰するやうな語調で、激しいことを言ったのを憶えてゐてくれるでせうか？

貴兄は、小生が仲人であれば、すべてを小生に一任したわけであるから、貴兄を就職と結婚の祝福の道へ導くことも、蹶起と死の破滅の道へ導くことも、いづれについても文句はない、と決意を披瀝されたわけでした。

しかし小生の立場としては、さうはゆきません。断じて

1

2

さうは行きません。一旦仲人を引受けた以上、貴兄に対すると同様、貴兄の許婚者に対しても責任を負うたのであるから、許婚者を裏切って貴兄だけを行動させることは、すでに不可能になりました。さうすることは、小生自身の名を恥かしめることになるでせう。

それなればこそ、この気持をぜひわかってもらひたくて、小生は激しい言葉を使ったわけでした。小生の小さな蹶起は、それこそ考へに考へた末であり、あらゆる条件を参酌して、唯一の活路を見出したものでした。活路は同時に明確な死を予定してゐました。あれほど左翼学生の行動責任のなさを弾劾してきた小生としては、とるべき道は一つでした。

それだけに人選は厳密を極め、ごくごく小人数で、

3

ひきうけ犠牲を少なくすることを考へるほかはありませんでした。

私としても松の会全員と共に義のために起つことをどんなに念願し、どんなに夢みたことでせう。しかし状況はすでにそれを不可能にしてゐました。さうなつた以上、非参加者には何も知らせぬことが情である、と考へたのです。私は決して皆さんを裏切つたとは思つてをりません。蹶起した者の思想をよく理解し、後世に伝へてくれる者は、実に松の会の諸君しかゐないのです。今こそ諸君は渝らぬ同志であると信じます。

どうか私の気持を汲んで、今後、就職し、結婚し、汪洋たる人生の波を抜手を切つて進みながら、皆さんが真の理想を忘れずに成長されることを念願します。

4

さて以下の頁は、楯の会会員諸兄への私の
言葉です。蹶起と共に、楯の会は解散されますが、
今まで労苦を共にしてきた諸君への私の気持を、
ぜひ皆さんから伝へてもらひたいのです。

三島由紀夫

昭和四十五年十一月

椿の会会員たりし諸君へ

諸君の中には創立当初から終始一貫行動を共にしてくれた者も、僅々九ヶ月の附会の若い五期生もある。しかし私の気持としては、経歴の深浅にかかはらず、一身同体の同志として、年齢の差を超えて、同じ理想に邁進してきたつもりである。たびたび、諸君の志をきびしい言葉でためしたやうに、小生の胸裡にある夢は、椿の会全員が一丸となつて、義のために起ち、会の思想を実現することであつた。それこそ小生の人生最大の夢であつた。日本を日本の真姿に返すために、椿の会はその総力を結集して事に当るべきであつた。

そのために、諸君はよく激しい訓練に文句の言分

6

はずに耐へてくれた。今時の青年で、諸君のやうに、純粋な目標を据ゑて、肉体的辛苦に耐へ抜いた者が、他にあらうとは思はれない。革命青年たちの空理空論を排し、われわれは不言実行を旨として、武の道にはげんできた。時いたらば、楯の会の真価は全国民の目前に証明さるべきであつた。

しかるに、時利あらず、われわれが、われわれの思想のために、全身あげて行動する機会は失はれた。日本はみかけの安定の下に、一日一日魂のとりかへしのつかぬ癌症状をあらはしてゐるのに、手をこまぬいてゐなければならなかつた。もつともわれわれの行動が必要なときに、状況はわれわれに味方しなかつたのである。

已むかたない痛憤を、少数者の行動を以て代表しようとしたとき、犠牲を最小限に止める

7

ためには、諸君に何も知らせぬ、といふ方法しか残されてゐなかつた。私は決して諸君を裏切つたのではない。楯の会はここに終り、解散したが、成長する諸君の未来に、この少数者の理想が少しでも結実してゆくことを信ぜずして、どうしてこのやうな行動がとれたであらうか？ そこをよく考へてほしい。

日本が堕落の淵に沈んでも、諸君こそは、武士の魂を学び、武士の鍛錬を受けた、最後の日本の若者である。諸君が理想を放棄するとき、日本は滅びるのだ。

私は諸君に、男子たるの自負を教へようと、それのみ考へてきた。一度楯の会に属したものは、日本男児といふ言葉が何を意味するか、終生忘れないでほしい、と念願した。青春に於て得た

8

ものこそ終生の宝である。決してこれを放棄しては
ならない。
ふたたびここに、労苦を共にしてきた諸君の
高潔な志に敬意を表し、かつ尽きぬ感謝を
捧げる。

天皇陛下万歳！

楯の会々長　三島由紀夫

昭和四十五年十一月

まづ第一に、貴兄から、めでたい仲人の依頼を受けて快諾しつゝ、果せなかったことをお詫びせねばなりません。

貴兄の考へもよくわかり、貴兄が小生を信倚してくれる気持には、感謝の他はありませんでした。それについて、しかし、小生は班長会議の席上、貴兄を面詰するやうな語調で、激しいことを言つたのを憶えてゐられるでせうか？

貴兄は、小生が仲人であれば、すべてを小生に一任したわけであるから、貴兄を就職と結婚の祝福の道へ導くことも、蹶起と死の破滅の道へ導くことも、いづれについても文句はない、といふ決意を披瀝されたわけでした。

しかし小生の立場としては、さうは行きません。断じてさうは行きません。一旦仲人を引受けた以上、貴兄に対すると同様、貴兄の許婚者に対しても責任を負うたのであるから、許婚者を裏切つて貴兄だけを行動させることは、すでに不可能になりました。さうすることは、小生自身の名を恥かしめることになるでせう。

さればこそ、この気持をぜひわかつてもらひたくて、小生は激しい言葉を使つたわけでした。小生の小さな蹶起は、それこそ考へに考へた末であり、あらゆる条件を参酌して、唯一の活路を見出したものでした。活路は同時に明確な死を予定してゐました。あれほど左翼学生の行動責任のなさを弾劾してきた小生としては、とるべき道は一つでした。それだけに人選は厳密を極め、ごくごく少人数で、できるだけ犠牲を少なくすることを考へるほかはありませんでした。

小生としても楯の会会員と共に義のために起つことをどんなに念願し、どんなに夢みたことでせう。しかし、状況はすでにそれを不可能にしてゐましたし、さうなつた以上、非参加者には何も知らせぬことが情である、と考へたのです。小生は決して貴兄らを裏切つたとは思つてをりません。蹶起した者の思想をよく理解し、後世に伝へてくれる者は、実に楯の会の諸君しかゐないのです。今でも諸君は渝《かわ》らぬ同志であると信じます。

どうか小生の気持を汲んで、今後、就職し、結婚し、汪洋たる人生の波を抜手を切つて進みながら、貴兄が真の理想を忘れずに成長されることを念願します。

さて以下の頁は、楯の会会員諸兄への小生の言葉です。蹶起と共に、楯の会は解散されますが、今まで労苦を共にしてきた諸君への小生の気持を、ぜひ貴兄から伝へてもらひたいのです。

昭和四十五年十一月　　三島由紀夫

除隊式を終え滝ヶ原駐屯地司令に敬礼する楯の会会員

楯の会会員たりし諸君へ

諸君の中には創立当初から終始一貫行動を共にしてくれた者も、僅々九ヶ月の附合の若い五期生もゐる。しかし私の気持としては、経歴の深浅にかかはらず、一身同体の同志として、年齢の差を超えて、同じ理想に邁進してきたつもりである。

たびたび、諸君の志をきびしい言葉でためしたやうに、小生の脳裡にある夢は、楯の会全員が一丸となつて、義のために起ち、会の思想を実現することであつた。それこそ小生の人生最大の夢であつた。日本を日本の真姿に返すために、楯の会はその總力を結集して事に当るべきであつた。

このために、諸君はよく激しい訓練に文句も言はずに耐へてくれた。今時の青年で、諸君のやうに、純粋な目標を据ゑて、肉体的辛苦に耐へ抜いた者が、他にあらうとは思はれない。

革命青年たちの空理空論を排し、われわれは不言実行を旨として、武の道にはげんできた。時いたらば、楯の会の真價は全国民の目前に証明される筈であつた。

しかるに、時利あらず、われわれが、われわれの思想のために、全員あげて行動する機会は失はれた。日本はみかけの安定の下に、一日一日、魂のとりかへしのつかぬ癌症状をあらはしてゐるのに、手をこまぬいてゐなければならなかつた。もつともわれわれの行動が必要なときに、状況はわれわれに味方しなかつたのである。

このやむかたない痛憤を、少数者の行動を以て代表しようとしたとき、犠牲を最小限に止めるためには、諸君に何も知らせぬ、といふ方法しか残されてゐなかつた。私は決して諸君を裏切つたのではない。

楯の会はここに終り、解散したが、成長する諸君の未来に、この少数者の理想が少しでも結実してゆくことを信ぜずして、どうしてこのやうな行動がとれたであらうか？　そこをよく考へてほしい。

日本が堕落の淵に沈んでも、諸君こそは、武士の魂を学び、武士の錬成を受けた、最後の日本の若者である。諸君が理想を放棄するとき、日本は滅びるのだ。

私は諸君に、男子たるの自負を教へようと、それのみ考へてきた。一度楯の会に属したものは、日本男児といふ言葉が何を意味するか、終生忘れないでほしい、と念願した。青春に於て得たものこそ終生の宝である。決してこれを放棄してはならない。

ふたたびここに、労苦を共にしてきた諸君の高潔な志に敬意を表し、かつ盡きぬ感謝を捧げる。


天皇陛下万歳！

楯の会々長　三島由紀夫

昭和四十五年十一月

（了）

おわりに

「国家は敗戦によっては滅びない。国民が国家の魂を失ったときに滅びる」——これは鉄血宰相と呼ばれたドイツのビスマルクの言葉である。愛国心の裏づけのない国家は独立を保てないという意味であろう。

アメリカは、日本がロシアに勝利したときから、日本を仮想敵国とし、三〇年以上にわたって日本を研究し、太平洋戦争を勝利に導いた。アメリカ人の凄いところは、勝利した後もなぜ日本が四年間も戦い続けることができたかを徹底的に分析したことだ。そして彼らは、米食と味噌汁が日本人の体力の源であることを突き止める。米食だけでは必須アミノ酸のリジン、スレオニンが不足するが、味噌汁と組み合わせることで理想的な栄養を得ることができるということを……。

日本の弱体化を至上命題としていた彼らは、日本人を米離れの方向に誘導し、まんまと主食としての米の割合を五割以下にまで引き下げることに成功する。以来、日本人の体力と気力は衰え、戦後七五年に垂《なんな》んとしながら、未だに国軍も持てず、憲法改正もなされていないのである。

先生が亡くなられたあとほどなくして、私は体調を崩した。医者から心電図の異常を指摘され、「心筋梗塞の一歩手前、過激な運動をしたら死ぬよ」と脅かされた。インスタントラーメンを食べ続けたり、肉を食べ過ぎるなど食生活の乱れが原因だった。

その頃たまたま、「楯の会」会員の福田俊作君の下宿に遊びに行った。彼は私と同じ「楯の会」一期生である。病気のことを話したところ、「玄米を食ってみろ」という。東京育ちの私は玄米を知らなかった。

「米偏に白と書くと粕、搾り取ったあとに残る白米のことだ。米偏に健康の康と書くと糠、最も栄養のあるこれを我々は捨ててしまっている。白米ではなく玄米を食べることによって自然治癒力を高めることができるんだよ」

なるほど、そうか。生まれてはじめて食の大切さに気づかされた。

さっそくその日から玄米食に切り替えたところ、医者も驚くほどに病状は快復した（福田君は今も玄米食を広める活動に携わっている）。

それ以来、私は食の安全や健康といった問題に人一倍興味と関心を持つようになった。言うまでもないことだが、本来人間の持つ力、人間の身体を保っている恒常性維持機能を正常に働かせれば、我々は健康的な生活を送ることができる。それが近年、身体を作っている水と食物の汚染によって難しくなってきているのだ。

自然の摂理、バランスの崩れによって環境破壊が起こっている現状に鑑みるとき、新型コロナというウイルスが今なぜ猛威を振るっているのかも分かる。このまま行くと、いずれ人類はウイルスに滅ぼされることになるだろう。すなわち第三次世界大戦とは、ウイルスとの戦いではないのか。

ではこの戦いの勝者はいずれであろうか。我々人類か、それともウイルスか。

現状ではウイルスが有利と思われる。しかし我々も負けるわけにはいかない。そして勝つ秘策が唯一ある。それは、勝とうとしないこと。つまりウイルスとの共生、そして共存である。

ある意味この地球も、一つの生命体と見なすことができる。人間の身体がさまざまな機能のバランスのなかでその生命を維持しているのと同じように、動植物、微生物などによって構成されているとてつもなく巨大な生命体である。それを破壊しているのが人間の業《ごう》と傲慢なのだ。その報いは結局、人間が受けることになるだろう。

現実の問題として、ウイルスに勝つには、地球をできる限り汚染しないこと、それには地球の七〇%を占める水の力を利用して汚染を浄化するしかない。昔の「三尺流れれば水清し」という諺は、川に少し汚れた水を流しても、川の自浄作用で綺麗になることを喩えたものだ。昔の水には洗剤と同じ力、界面活性作用が備わっていたので、充分水だけで洗濯できた。そういう生きた水が台所で、洗濯で使えれば、洗剤の量を飛躍的に減らすことができ、地球環境を破壊せずに済む。さらにその水が家庭から川に、そして海に流れれば、すでに死んだ水にもエネルギー、生命力を与えてくれるのだ。

今、地球の砂漠化が進み、緑が減少し、二酸化炭素の増加による温暖化によって南極の氷が融け、海水面の上昇を招き、ツバルなどの島々が水没する事態になっている。エネルギーのある生きた水は植物の生命力を高めるため無農薬、低農薬の農業が実現でき、安全な食の供給に役立ち、地球の砂漠化も防いでくれるのだ。

同じように人間の身体も七割は水でできている。だから体内の七割の水が汚染されれば、残りの三割の物質も機能しない。逆に言えば、自然に回帰した生きた水を体内に取り込めば、健康を回復し、保つことができるのである。

私は六〇歳のときに脳幹梗塞で倒れ、心臓が止まり、一時は死を覚悟したが、病院に搬入された途端に息を吹き返した。現在は後遺症もなく、医者から、血管年齢は五〇歳代まで若返っていますよ、と言われるまでに回復した（五〇歳のときには不摂生が祟り、一〇〇歳代と脅かされたこともあったが）。

私は二〇代で食の大切さを知り、四〇代で水と出会い、七三歳になった今は環境保全の活動に取り組み、元気に全国を飛び回っている。大袈裟な言い方をすれば、これを天命と思い、これからも三島先生の「暗夜でも遠くにある一本のロウソクの光を信じ目指し、青年の心を失わずに」との言葉のままに、生きていくつもりである。

解説に代えて――山本舜勝

昭和四四年一〇月二一日、自衛隊の治安出動の可能性がなくなると、三島氏と私の距離が次第に離れてゆくように感じはじめていたが、翌四五年正月の祝いに、三島氏は自邸に主だった楯の会会員を集め、私もその席に招かれていた。

そこで私たちはさまざまな問題に話が及んだようだが、前後の話の脈絡や、特に会員の視線が私に向けられたという記憶がないのに、三島氏が、「楯の会が自衛隊に刃を向けることもありうる」と私に向けて語りかけた言葉が、妙に記憶に残り、内心不思議な気分であった。

そしてこの数日後、夜中に三島氏から電話で呼び出され、先客（三島氏の友人、韓国陸軍情報部の李少将）と語り合い、その李氏が辞去した直後、私に向け「やりますか」という激しい問いかけがあり、私は即座に「やるなら私を斬ってからにしてください」と答えたのである。

それから時が経ち、もはや私が国会に呼び出される恐れもなくなった（＊山本氏は事件直後、国会より証人喚問を受けたが、自民党の反対により中止）。今、冷静に考えれば、同じ正月、三島氏は重大な決意を固め、日本人、とりわけ為政者への不朽の遺言とも言うべき「変革の思想とは」を『読売新聞』（昭和四五年一月二〇日付け）に公表し、そのなかで、

「改憲の可能性は右からのクーデターか、左からの暴力革命によるほかはないが、いずれもその可能性は薄い」と指摘しているのだ。わざわざ正月の宴で私を目前に見据え、当時私が感じ取ったような私への疑念などを問いかけてきたはずはない。それは自衛隊、すなわち私に喝を入れるための刃(三島事件)の構想がその頃彼の脳裏に浮かびはじめ、それに対する私の反応を見ようとし、それを一般論として受けとめた私に苛立ち、クーデターへの打診の意を込め、「やりますか」の問いかけになったものと思われる。

思えばそのときすでに自衛隊の治安出動の可能性がなくなり、三島氏は新たな楯の会の目標設定に苦悩していた。それを承知の私は、楯の会会員への長期的な訓練態勢の継続を考え、すでに自衛隊関係者との話し合いもはじめていた。またこの構想は三島氏の賛意を得たもの、と考えていたので、正月の祝いの席での三島氏の言葉を受け流してしまったのは自然の流れだったと思う。

私は三島事件後、この事件の顛末は私だけしか知らないことが多く、しかも偉大な作家・三島由紀夫が理解されずに忘れ去られてゆくことを恐れ、どうしても、事実関係だけでも、なるべく早く世に公表しておかねばと努めているうちに、共産党の攻撃を受け、それを契機に国会から呼び出されて、クーデター計画について共産党議員の質問を浴びる恐れが生じた。

そうなれば、自衛隊もクーデターの共犯者とされ、世間に無用の誤解を与え、三島氏が死を賭して主張したこともすべて水泡に帰すことが明らかだった。このため、どうしても三島氏との関係否定の意識を強く持ったことが、三島氏の真意に深く踏み込まなかった原因だと、今雲が晴れるようにはっきりしてきたのである。

ところで、先の一般論というのは、簡単に言えば戦時における軍と民の関係論であるが、敗戦後の日本の防衛にとって極めて重要な問題であるにかかわらず、旧陸軍は外征軍による短期決戦戦略を基本にして敗戦を迎え、その後は米軍に全面依存し、政府は自衛隊に対して「限定戦争・専守防衛・非核三原則」のお題目を唱えるだけで、まったく責任ある実質的対応をとってこず、二一世紀に入って、ようやく有事法制の整備をはじめようとしているのである。

三島氏はすでにパンフレット「祖国防衛隊はなぜ必要か」などに、楯の会の決死的行為の裏付けを添えて、日本防衛の骨幹を世に問うたのであるが、平和ぼけした日本人の反応は鈍く、したがってここで私がもう一度三島氏のその声を代弁しようと思う。

思えば日本は、日清・日露戦争の勝利で中国大陸にその前進基地を手にして以来、富国強兵をスローガンにして欧米に追いつき追い越すべく国際社会に進出した。

当時の中国、ロシアは歴史的衰退期にあったので、日本を指導した旧陸軍は、国外で弱兵相手の対応をしているうちに、第一次世界大戦後の科学技術の勃興を背景に欧州に台頭した短期決戦思想に深く影響され、軍事紛争は国外で短期に決すべしとする思想を基本戦略として軍備を強化していった。そして国内秩序に警察と軍隊が一体化して対応しなければならなかった時代を過ぎると、強力な内務省警察が軍の影響を受けずに一元的に国内秩序を維持するようになり、陸軍の海外短期決戦主義は国をあげて歓迎され、中国大陸における満州事変、日中戦争で、それは実証されたかに見えた。しかし、欧米の帝国主義に挑戦した日本は、アメリカの軍事力に屈し、世界から侵略者の汚名を着せられて敗戦を迎え、今日なおその汚名に苦しみながら再び自主防衛の旗を立てようとしているのである。

この旗は、もちろん旧陸軍の短期決戦主義とはまったく違う限定戦争・専守防衛であり、旧陸軍ではほとんど顧みられなかった戦略思想である。

日中戦争を契機に外交上孤立を深めながら、短期決戦主義で、攻撃こそ最大の防御として太平洋を南進した旧陸軍は、戦力の限界に達してもはやなす術を失って本土へ後退した。専守防衛とはこの本土、すなわち国内での戦いを指すが、当時の陸軍にその備えは皆無であった。それは開戦に先立ってまったく準備されていなかったからである。

敵が関東に大兵をもって上陸してくることが予期される頃になって、軍は必要とする民間の機関などを国家の命令により泥縄式に軍に編入していった。いわば一億玉砕のスローガンのもとに、全国民を兵員化していったのである。そこには個人の自由意志の介入余地はまったくなかった。そして私は旧陸軍中野学校に在って銃をはじめて手にする民間人の教育を命ぜられたが、多くの障害を克服できぬまま、苦悩のなかで敗戦を迎えた。

その苦悩は、我が決戦兵団が米軍の上陸地点に向かって殺到するとき、その地域住民の避難行との衝突をいかに回避するかということからはじまった。

しかし短期決戦主義の旧陸軍は、敵軍を撃滅するのが先決であり、軍事に直接係わりない女や子供はその決戦が終了するまでの間ジーッと耐えよ、といった場当たり的対応をとった。

それは結果として、ソ連参戦時における関東軍の在留邦人を見捨てての撤退、沖縄戦における住民放棄などの惨事を惹起した。

ところで、右の状況を当時、現地に在って鋭い目で凝視していた男がいた。

私もかつて所属した決戦兵団・戦車第一師団の若き小隊長、司馬遼太郎氏がその人である。彼は満州から転じ、当時北関東に展開していたが、決戦を前に部隊視察に来隊した師団参謀に対し、決戦のため沿岸に向け戦車を指揮して突進するとき、その避難住民の群に遭遇した場合、どうすべきかを問うたところ、参謀の「それを踏み越えて突進せよ」との返答に衝撃を受け、これが、戦後の彼の激しい反戦・反軍思想の源になった、といわれている。

このように専守防衛にも極めて重要な弱点があり、その克服に三島氏は「志操堅固な者にのみ銃を」と提唱した。

すなわち独立国として生存を続けるには、外交的孤立を避け、したがって集団的自衛権を確立したうえで、なお郷土に支えられ、しかも個々の自主独創性を重視した祖国防衛組織の存在が、戦争の抑止力となるばかりでなく、同盟国の救援を保障する決定的要因となることに思いを致すべきであると主張したのである。

ここで私は、三島氏との別離の主因になったと思われるクーデターに係わる私の思いに触れなければならない。

もちろんクーデターは私の自衛隊での任務と直接的には無関係であったが、三島氏が私との交流のなかで、私からクーデターの臭いを嗅ぎ取ったことを否定するつもりはない。

クーデターには、分かりやすく言えば謀略・情報といった要素が求められる。したがって三島氏も指摘したように、国論分裂・政権抗争が必至となったとき、軍事力が介入（クーデター）するケースが、もっとも発生しやすい。

日本も第一次、第二次安保闘争で国論分裂・政権抗争が高まるなかで、自衛隊の治安出動がはじまる一歩手前まで事態が悪化し、状況によっては治安出動のさなかに憲法改正をめぐってクーデターが発生する可能性がまったくなかったとは言い切れない。とくにベトナム戦争の泥沼化で米中戦争への発展の可能性が高まっていた当時、中ソ連合による対日武力侵攻を恐れた米国が、クーデターを容認する方向に転ずる可能性があった。そうなれば、楯の会を前衛とするクーデターによって憲法改正を構想した三島氏と自衛隊が連携することはありえたであろうと思っている。

これこそが三島氏の理想としたものであり、私の感触でも、私がクーデターと関連して三島氏と一体化できたとすれば、このケースしかなかったと感じているところでもある。

しかし、全学連を主軸にした大衆騒擾に対する自衛隊の出動で、戦車による虐殺が発生すればそのとき出動は失敗に帰し、さりとて騒擾を鎮圧しなければこれもまた失敗であり、自衛隊の権威はもちろんその存立の基礎すら危うくなる。そこに私は三島氏の率いる楯の会の存在の価値を見ていたのである。私が情報心理戦を基調にして対処しなければ、自衛隊出動の成功はおぼつかないと考え、楯の会の訓練を買って出た理由の一つもこれであった。

三島氏は戦後、天皇制が存続されるなかで、戦前の「絶対的君主」から「象徴天皇」への移行をその目で見て、苦悩しながらも、天皇こそ日本の伝統文化の核心であり、それが歴史の本質であって、その護持にこそ生命を超える価値があると主張し、それを自衛隊員の眼前で実行し、自衛隊が憲法改正の先頭に立つことを願ったのである。

これに対して私は、戦後日本では、大衆が発する世論は極めて重要であり、それを無視して軍事力の強圧で世論をねじ曲げるようなクーデターは受け入れるわけにいかなかった。しかし、三島氏の自刃後、それまでのことを久しく問い続け、私の心は激しく揺れた。

もちろん私は、三島・森田両烈士に対して自らの不明を詫び、世の非難を甘んじて受けながらも、生ある限り三島氏の遺志を受け止め、後世への恢弘《かいこう》に細《ささ》やかながらも力を致さねばと思っている。

（元陸将補）

【参考文献】
『討論三島由紀夫VS東大全共闘―美と共同体と東大闘争』（新潮社）
『果し得ていない約束』井上豊夫著（コスモの本）
『三島由紀夫の総合研究』（第四十四号・三島由紀夫研究会）

本文DTP・カバーデザイン／長久雅行

三島由紀夫「最後の1400日」

第一刷発行――二〇二〇年一一月二五日
第二刷発行――二〇二〇年一一月二六日
著者――本多清
編集人――祖山大
発行人――松藤竹二郎
発行所――株式会社 毎日ワンズ
〒一〇一-〇〇六一
東京都千代田区神田三崎町三-一〇-二一
電話 〇三-五二一一-〇〇八九
ＦＡＸ 〇三-六六九一-六六八四
印刷製本――株式会社 シナノ

ISBN 978-4-909447-13-5
落丁・乱丁はお取り替えいたします。